村上春樹、方法としての小説

記憶の古層へ

山 愛美

新曜社

村上春樹、方法としての小説＊目次

第6章　創作過程を探る　185

装幀　臼井新太郎
装画　朝野　ペコ

序章

自発的に語り始める「物語」

変化が目まぐるしい現代社会においては、あらゆる領域ですぐに目に見える結果や効果ばかりが求められ、じっくりと時間をかけてエネルギーを注ぐことによって生じてくるものを待つという姿勢が軽視される傾向にあるように見える。効率の良さを求めるあまり、気づかぬうちに我々の中の大切な何かが蝕まれているのではないだろうか。そんなことを折にふれて感じてきた。

何かが根本から変わるには、一般に考えられているよりもはるかに時間がかかるものだ。今日至るところでいろいろな方策や改革が試みられ、表面的には、あるいは数字の上では改善されたように見えても、我々一人一人としてはそのような実感がないというのが現状ではないか。それどころか、一見うまくいっているように見える表層の下で、積み残しにされた問題が巣くっているようにさえ感じられる。世間を震撼させる事件の勃発、容赦なく襲ってくる自然災害までもが、我々に何か警告を発しているのではないかと思ったりする。

役に立つと世の中で言われているものが、本当に役に立っているのだろうか。そもそも役に立つとはどういうことなのか。我々は真剣に考えてみる必要があるだろう。特に人間の心に関しては、本来自分自身とじっくり向き合う中から育まれるものを大切にすべきであるにもかかわらず、私の専門である心理療法においてもそのような視点が失われつつあるように思われる。

このような現状を危惧する人も決して少なくないのではないだろうか。しかし時代の流れの中で、どうにもならないというのが本音であろう。我々はいったいどうすればよいのだろうか。私は、そのヒントを、村上春樹の創作活動の中に見出すことができるのではないかと考えている。

村上春樹の作品は、今日、欧米諸国、東アジアの国々をはじめ50以上の言語に翻訳され、世界中に多くの熱心な読者がいる。村上の創作はデビュー作の『風の歌を聴け』(1979b)に始まり、長、中、短編の小説、翻訳、随筆、ノンフィクション、インタビュー集、対談集、絵本など多岐にわたっている。なぜ村上の作品は、国、民族や文化を超えて多くの人々に読まれるのか。その秘密は村上の創作方法にあるのではないかと思う。村上は、彼独自の方法で物語ることを通して、冒頭で述べたような現代の風潮に対して、密やかに「物申し」続けている。村上の創作過程で為されていることの現代における意義、創作の秘密を探ることを通して、「我々はいったいどうすればよいのだろうか」という上述の問いの答えを探るのが本著の大きな目的である。ただし、何か正解を示すといったことではない。あくまでもその答えの可能性を探る試みである。

村上春樹は、日本ではほとんど人前に出ることはないものの、自らの創作については、インタビューや対談集、随筆を通して多くを語り、小説の創作過程についても詳しく解説をしている。また、特に海外でのインタビューや講演では、かなり自由に自分自身のことを語っているのも印象的である。インターネットを通して得られるこれらの情報を材料として読み解き、彼の創作について論考を深める。

特に創作の方法については、村上の一貫した基本姿勢を見てとることができる。本人の言葉を借りれば、「何かのメッセージがあってそれを小説に書く」というのではなく、「自分の中にどのようなメッセージがあるのかを探し出すために小説を書いているような気がします」と言う（河合・村上 1996, pp.66–67）。そのために村上は、小説を一つの枠組みとして、その中で自らの心の深みに下降し、「物語」が自発的に語り始める場を作り上げる。さらに村上（初出 2003/2012c, p.116）は「僕の自我がもしあれば、それを物語に沈めるんですよ。僕の自我がそこに沈んだときに物語がどういう言葉を発するかというのが大事なんです」と述べている。これは西洋近代自我とは異なる自我のあり方を模索する試みと捉えることができ、比較文化的視点から日本人の自我のありようについて考える上でも興味深い。

本書では、村上春樹の創作とその過程に焦点を当て、幾つかのテーマを取り上げながら、現代社会に対しての提言も試みる。まず、第1章では、村上本人の言葉を取り上げながら、創作を通して何が試みられているのか、その意義を明らかにした上で、村上が小説を書くようになった時のこと、彼の生い立ちにおける言葉にまつわるエピソードにも触れる。

村上のあらゆる作品に通底するテーマがあるが、それはデビュー作『風の歌を聴け』の中に最も素朴な形で顕著に見ることができる。第2章では、創作を通して村上が取り組んでいる実存への問いにつながる普遍的なテーマについて取り上げる（「第2章　初めての物語としての『風の歌を聴け』」）。

第3章ではさらに、『風の歌を聴け』に登場する架空の作家デレク・ハートフィールドの世界観について注目する（「第3章　デレク・ハートフィールドの世界」）。そこでは、「私」の人生、「私」の考え、「私」のアイデンティティ、といったように、当たり前のように自明のものと思っていた「私」という概念自体が不確かになる。このような世界の存在に一度気がついてしまうと、なかなか普通に生きていくのが難しくなる。これは、今日取り沙汰されることの多い、ひきこもり、不登校の問題とも深く関わっていると思われる。いや、それだけではなく、何となく自分の人生を生きている実感がないとか、何のために生きているのだろうか、といったような、現代に生きる、決して少なくはない人々が折にふれて持つ感覚の背景にある世界ともつながっているのではないかと思う。

デレク・ハートフィールドの世界観を知ってしまった村上春樹が、創作を通して、どのように回復を試みたのか。回復とは言っても、一般的に考えられているような、悪いものから良いものへの回復ということではない。途方もない世界観を持ちながら、どのように生き抜くかということである。彼の小説家としての歴史の中にそのプロセスを見ることができる、と私は考える。もちろん、その過程には痛みや悲しみがあるのだが、同時に創造的なものをもたらしうる。

次に、第4章、第5章では、村上春樹の創作の方法論がどのように確立されたのか、またどのような背景からそれが生まれたのかについて、村上の記憶の古層にまでさかのぼり明らかにすることを試みる（「第4章　言葉・身体」「第5章　記憶・イメージ」）。

村上の創作には、言葉だけではなくイメージの力が重要な意味を持っている。第6章では、まず随筆『使いみちのない風景』（村上・稲越 1994/1998）を読み解き、村上の創作過程における目に見えないイメージの働きについて探り、最後に、村上春樹の物語の力、創作の秘密に迫る（「第6章　創作過程を探る」）。さらに効率と想像力について言及し終章とする。

世界中の多くの読者とともに、日本では、どこかで生きづらさを感じている人たち、社会に出ていくのが難しい人たちにも村上の作品は熱心に読まれている。心理療法の場で、村上春樹の小説が話題に上ることがあったが、彼らの読み方は「自分がどう生きるか」という切実な問いと直結しているので、文芸評論家や研究者たちのものとは、読みの深さやスタンスにおいて根本的に異なるという印象を持ってきた。私は、読者自身が、村上の創作過程の中に身を入れてともに体験するような読み方をすることによって、深い意味での治癒的なもの、何か救済につながるものがもたらされているのではないかと思っている。いや、そうであることを祈っている。

村上春樹、創作の歩み（～2019年）

西暦	主な出来事（長編小説には★と通し番号を付し、重要作品には出版社名を併記した）
1949	1月12日京都市伏見区に誕生。その後西宮市、芦屋市に転居
1968	早稲田大学第一文学部入学
1971	陽子夫人と結婚
1974	ジャズ喫茶「ピーター・キャット」開店
1975	早稲田大学第一文学部を卒業
1978	店の仕事の後、毎晩キッチンテーブルで作品を書き『群像』に応募
1979	**『風の歌を聴け』出版**（講談社）★1 ［群像新人文学賞］
1980	**『1973年のピンボール』出版**（講談社）★2
1981	専業作家になることを決心し「ピーター・キャット」を譲渡
1982	ランニングを始める。**『羊をめぐる冒険』出版**（講談社）★3 ［野間文芸新人賞］
1983	初めて公式マラソン完走（ホノルルマラソン）
1985	**『世界の終りとハードボイルド・ワンダーランド』出版**（新潮社）★4 ［谷崎潤一郎賞］
1986	10月より、長い小説を書くためヨーロッパ（ローマ、ロンドン、ギリシャのスペッツェス島、ミコノス島）に滞在
1987	6月一時帰国。**『ノルウェイの森』出版**（講談社）★5 大ベストセラーとなる
1988	**『ダンス・ダンス・ダンス』出版**（講談社）★6
1989	3年間のヨーロッパ滞在から帰国
1990	日本での居所の定まらない1年間を過ごす（1月～）
1991	米国ニュージャージー州プリンストン大学から客員研究員として招聘される（2月～）。『ねじまき鳥クロニクル』の執筆を始める（3月初め～）
1992	プリンストン大学で週1コマの講義（日本文学）を担当→**『若い読者のための短編小説案内』として出版**（1997年）。**『国境の南、太陽の西』出版**（講談社）★7

★2 『風の歌を聴け』同様に台所で執筆。そのあと『街と、その不確かな壁』を『文學界』のために執筆、9月号に掲載されるも、発表したことを後悔。

★3 専業作家としての初めての小説。小説家としてやっていける自信を得る。以降、『世界の終りとハードボイルドワンダーランド』までの間、短編、エッセー、翻訳を多数出版。

★4 初めての書き下ろしの小説。このあと、2年間、短編、エッセー、翻訳を多数出版。

★5 リアリズム小説として1986年末ギリシャのミコノス島で書き始め、翌春ローマで書き終える。

★6 1987年から1988年にかけてローマで執筆。

★7 1991年2月にプリンストンに移り、『ねじまき鳥クロニク

1993	米国マサチューセッツ州ケンブリッジへ転居（7月）。writer in residence（大学在住の作家）としてタフツ大学へ移籍。『ねじまき鳥クロニクル 第3部』執筆（93年末～94年末）。後に『ねじまき鳥クロニクル』『ノルウェイの森』『1Q84 BOOK1、2』等を英訳したJay Rubinがシアトルのワシントン大学から教授としてハーバード大学東アジア言語文明学部に移り、ケンブリッジの村上宅の近所に住む
1994	**『ねじまき鳥クロニクル 第1部 泥棒かささぎ編、第2部 予言する鳥編』出版**（4月）（新潮社）★8-1。春、プリンストンにいた河合隼雄と『ねじまき鳥クロニクル』について話し合う **『使いみちのない風景』出版**
1995	1月 阪神・淡路大震災。3月 地下鉄サリン事件。**『ねじまき鳥クロニクル 第3部 鳥刺し男編』出版**（新潮社）★8-2［読売文学賞］。夏に帰国。11月、河合隼雄と京都で対談を行う→**『村上春樹、河合隼雄に会いにいく』として出版**（1996年）（岩波書店）
1996	『アンダーグラウンド』執筆のため地下鉄サリン事件被害者にインタビュー実施
1997	**『アンダーグラウンド』出版**（3月）（講談社）。『アンダーグラウンド』をめぐって、河合隼雄と京都で2回対談（1997, 1998年）
1998	年初、カルト内部にいる（た）人たちへのインタビュー開始→**『約束された場所で』として出版**（11月）（文藝春秋）（河合隼雄との対談「『アンダーグラウンド』をめぐって」及び「『悪』を抱えて生きる」も収録）［桑原武夫学芸賞］
1999	**『スプートニクの恋人』出版**（4月）（講談社）★9
2000	**『「そうだ、村上さんに聞いてみよう」と……』出版**（村上朝日堂ホームページに読者から寄せられたメールの282の質問に村上が答えた）
2002	**『海辺のカフカ』出版**（新潮社）★10
2003	**『少年カフカ』出版**（『海辺のカフカ』の読者からネットを通じて多くの質問や感想が寄せられ、村上が答えた往復2440通のメール）
2004	**『アフターダーク』出版**（講談社）★11
2005	米国マサチューセッツ州ハーバード大学ライシャワー日本研究所にartist in residence（大学在住のアーティスト）として5月より1年間滞在

ル』の執筆開始。妻のサジェスチョンにより、その一部（3章分）から新しい小説を執筆し『国境の南、太陽の西』が誕生。

★8-1 1991年3月からプリンストン大学教職員用の家で執筆。物語の世界に呑み込まれる。1994年春刊行後、翻訳の仕事。

★8-2 タフツ大学に移ったあと、1993年末からケンブリッジにて執筆開始。

★9 『アンダーグラウンド』と『約束された場所で』のあと、フィクションを描きたいという思いで執筆。小説の多くの部分をハワイのカウアイ島で書いた。ギリシャの島の風景を多く描く。

★10 いわゆるパラレル・ワールドとは異なり、主人公の話の現実と非現実、登場人物の現実と非現実がクロスする小説。

★11 上方にあるカメラアイの視点の小説。

2006	フランク・オコナー国際短編賞受賞、フランツ・カフカ賞受賞 **『「これだけは、村上さんに言っておこう」と……』出版**（村上朝日堂ホームページに読者から寄せられたメールでの330の質問に村上が答えた）。**『「ひとつ、村上さんでやってみるか」と……』出版**（村上朝日堂ホームページに読者から寄せられたメールでの490の質問に村上が答えた）。2006年9月から1年間、2011年9月から2014年5月にかけての3年半、ハワイ大学マノア校の東アジア言語／文学学部でwriter in residenceとして滞在
2007	朝日賞受賞、早稲田大学坪内逍遙大賞受賞
2009	イスラエルのエルサレム賞受賞 **『1Q84 BOOK1、BOOK2』出版**（新潮社）★12 ［毎日出版文化賞］
2010	**『1Q84 BOOK3』出版**（新潮社）★12 **『夢を見るために毎朝僕は目覚めるのです』出版**
2011	スペインのカタルーニャ国際賞受賞 **『小澤征爾さんと、音楽について話をする』出版** ［小林秀雄賞］
2012	国際交流基金賞受賞
2013	**『色彩を持たない多崎つくると、彼の巡礼の年』出版**（文藝春秋）★13
2015	期間限定サイト「村上さんのところ」を開設（37465通のメール、約3500の読者からの問いに答えた）→**『村上さんのところ』として出版** **『職業としての小説家』出版**（スイッチ・パブリッシング）（長編自伝的エッセー。自分が小説を書くことについて、小説を書き続けている状況について、自発的に書いた）
2016	ハンス・クリスチャン・アンデルセン文学賞受賞
2017	**『騎士団長殺し 第1部 顕れるイデア編、第2部 遷ろうメタファー編』出版**（新潮社）★14 **『みみずくは黄昏に飛びたつ』出版**（川上未映子との対談）
2018	ラジオ番組「村上RADIO」が始まる
2019	**『本当の翻訳の話をしよう』出版**（柴田元幸との対談） イタリアのラッテス・グリンツァーネ文学賞「ラ・クエルチャ部門」受賞

★12 「ニューヨーク・タイムズ」の全米ベストセラーリスト2位。

★13 「ニューヨーク・タイムズ」の全米ベストセラーリスト1位。

★14 2019年文庫版出版。

第1章
方法としての小説、そしてはじまりの時

Ⅰ　村上春樹と出会った頃

今日、欧米、東アジアをはじめ世界中に村上春樹の読者がいる。アメリカでもイギリスでも、中国でも台湾でも、新作が出ると、書店には村上春樹コーナーが設けられ、小説が平積みになる。ポーランドでも、クロアチアでも、熱烈なファンだという人に会った。台湾の淡江大学は、2011年に村上春樹研究センター（村上春樹研究中心）を設立し、村上春樹についての学際的な研究を目的とする国際学術シンポジウムを毎年開催している。2015年6月にセンターを訪問し、スタッフの先生たちから直接話を伺う機会があったが、村上春樹の小説を原著で読みたいという理由で、日本語を専攻する学生が多くいるということだった。あらためて「世界の Haruki Murakami」を目の当たりにする思いである。しかし一方で、「もちろん村上春樹は知っているけど、……私は読ま

ない」と言い切り、そこに何らかの意味合いを仄めかす人がいるのも事実である。このように評価が大きく分かれるのも興味深い。

村上春樹の作品は、すでに述べたように長、中、短編の小説、翻訳、随筆、ノンフィクション、インタビュー集、絵本、写真集など、非常に多岐にわたっている。私は、１９８０年代半ば頃からかなり熱心な読者となり、繰り返しこれらの作品を読んできた。確か『羊をめぐる冒険』(1982)、『ノルウェイの森』(1987)、『ダンス・ダンス・ダンス』(1988) あたりから始まったように記憶している。当時、一人称の「僕」の、少し離れた視点からの語り口、体に心地よい文体のリズム、心に残るアフォリズム、ふと踏み込む異世界、おそらく、他の多くの読者たちと同様に、私はそこに魅力を感じていた。

しかし次第に、私の関心はそこに留まらなくなっていった。それは、私の個人的な経歴とも深く関わっている。１９９３年、深層心理学、臨床心理学を専門とする私が、思いがけなく新設の造形大学に勤務することになった。造形活動に従事する同僚や学生たちの姿を目の当たりにしながら、形のないところから形あるものが生まれる、つまり造形作品が制作される過程の中で、いわゆる一般的な「知」とは異なる、何か重要な「知」的な営みが展開されていると感じるようになっていた。そこに、心理療法の実践の中で体験してきた心の変容のプロセスとの類似性を見出した時は、驚くと同時に心を動かされることが多かった。スイスの分析心理学者であるユングの「芸術の創作も一つの心理的活動である」(Jung 1922/1996) という言葉に深く感じ入るとともに、どこか納得する思いだった。

　詳細は他の機会に譲るが、それは、例えば私はどこから来て、どこへ行くのか、人間の意識はどのように生まれ、どのように消えていくのか、といったような実存的なテーマが取り組まれているような場合もあった。必ずしもいつも学生たちがそうしたテーマを意識しているわけではなく、ただひたすら制作と向き合う中で、そのような心の作業が行われているという印象があった。それは、論理的な思考を重ねて行われる一般的な知の活動とは異なるが、やはり全人的な知的な営みであると考え、私はそれを「造形の知」と呼んだ（山 2001, 2007, Yama 2010）。

　学生たちとの個人的な会話や、制作について書かれたレポートの中で、彼らのうちの幾人かが、「将来造形活動そのものを職業にするのは難しくても、何らかの形で制作活動は続ける」と明言し、「それは自分にとってどうしても必要なことであって、生きていく上で欠くべからざるものだ」と言っていたのも印象的だった。

　小説のような言葉による表現と造形による表現という違いはあっても、自分の中にあるものを外に表現するという作業には、取り組み方によっては、意味深い「知」の作業が伴う。私は、次第に、完成した作品よりも、むしろその過程で取り組まれていることに興味を覚えるようになっていた。

　ちょうどそのような頃、時を同じくして、私が関心を持ち始めたのが村上春樹の創作過程だった。そこでいったい何が為されているのか。村上春樹は何をしているのか。目に見えないところで、どのようなことが生じているのか。彼の作品には世界中に熱心な読者がいるが、そこに、国や文化、民族を超えて、人々が惹きつけられる何か秘密があるのではないか。

私は、自分の専門である心理療法での体験とも重ねながら、深層心理学の視点からこの問いについて考えるようになった。心理療法の面接でのクライエント（面接に来られる来談者を我々はクライエント（Client）と呼ぶ）の語りも言葉による表現である。そこで何が語られるのかという内容だけではなく、耳を傾けそこに居続ける心理療法家に語るという体験の中で起こっていることに関心を持つようになった。クライエントが抱えている問題に直接関わらない話をずっと聞いているうちに、問題が解決しているということもしばしば起こる。面接の過程で、言葉として語られていないところで起こっている動きを、専門家として読み取る、あるいは感じ取る訓練を重ねることが重要である、と私は考えている。

なお、相談を受ける者については、カウンセラー、臨床心理士、相談員、心理療法家、心理臨床家、などさまざまな名称で呼ばれているが、海外で私が関わっている学会などでは〝サイコセラピスト（Psychotherapist）：心理療法家〟という呼称が用いられていることが多い。そこで、本著ではそれに倣い、相談を受ける者を「心理療法家」あるいは文脈によって単に「セラピスト」と呼ぶことにする。

Ⅱ　方法としての小説

　どのような小説や物語であっても多かれ少なかれそうではあるが、特に『ねじまき鳥クロニクル』（1994〜1995年に第1、2、3部が順次出版された。ただし第1部は、『新潮』の1992年10月号から1993年8月号に連載されたものに加筆されたものである）以降の長編は、読者によって、読みの深さや照らし出される次元が異なってくる。その人がどのような視野を持って世界を見ているのか、つまりその人の世界観が読みに直接反映されるように思われる。自分自身の心の宇宙（コスモロジー）の中に、「生」だけではなく「死」も組み入れられているのか、「この世」だけを見ながら生きているのか。さらに、デレク・ハートフィールドに関してはあらためて第3章で詳細に述べるが、彼のように「この世」として閉じていない世界観を持って生きているのか。

　すでに述べたように、心理面接の中でも村上の小説が話題に上ることがあるが、時にクライエントの読みに感嘆させられることがあった。彼らの読みと深さはレベルが違う。どのように生きるか、あるいは生きないのか、と悩む人たちは自分の存在を掛けて読むからだろう。自戒を込めて言うならば、この世界に（ある程度）適応して生きるということは、いかに限られた狭い世界のみを見ながら生きることなのか、あらためて知る思いである。村上の作品は、じっくりと取り組むことで読者を心の深い作業へと導いてくれるテキストとなりうる。村上自身「もしこの小説に意味がないのだとしたら、たぶん僕の人生そのものにおそらく意味がないんだろうし……」（1995, p.279）とまで言うように、『ねじまき鳥クロニクル』は彼にとっても特別な意味を持っているようだ。

すでに述べたように、私は『ねじまき鳥クロニクル』が出版された頃から、小説の内容もさることながら、村上の創作に関心を持つようになっていた。ちょうど当時（1995年）、村上春樹と河合隼雄との対談が行われ、それは翌1996年、『村上春樹、河合隼雄に会いにいく』と題して出版された。対談なので両者が自由に語り合う形式だが、そこには表現や創作の本質について、日本と西洋、日本文化、日本人について、そしてそれらの心理療法との関わりが忌憚なく存分に語られている。余談ながら、ある集まりで、恩師の河合隼雄先生からその時のエピソードを直接伺ったのを鮮明に記憶している。

村上は、小説を書くことについて、この対談集の中の脚注で次のように述べている。

小説を書くというのは、……多くの部分で自己治療的な行為であると僕は思います。「何かのメッセージがあってそれを小説に書く」という方もおられるかもしれないけれど、少なくとも僕の場合はそうではない。僕はむしろ、自分の中にどのようなメッセージがあるのかを探し出すために小説を書いているような気がします。物語を書いている過程で、そのようなメッセージが暗闇の中からふっと浮かび上がってくる――もっともそれも多くの場合、よくわけのわか

らない暗号で書かれているわけですが。（河合・村上 1996, pp.66–67）

村上春樹の創作の本質がここに述べられている。小説家の中に、あらかじめメッセージなり主張なりがあって、それを読者に伝えるべく小説を書くというのならわかりやすい。しかし、村上の場合はそうではないと言う。自分の中にあるメッセージを探し出すために、小説を書くというのである。それは、自分の中にあるのだけれど、自分自身まだ知らないメッセージとでも言えようか。

深層心理学には、このことを説明するのに便利な「無意識」という概念がある。もちろん、心の中のどの部分が意識できていてどの部分が無意識なのかという明確な区別があるわけではなく、これが無意識だと取り出して見ることができるわけでもない。あくまでも、自分が意識できていない心の領域のことを仮に「無意識」と呼ぶということである。村上は、そのような無意識の領域から何かメッセージを探り出すための方法として小説を書いているのだ。

……それは非常にスポンテイニアスな物語でなくてはいけない。これがこうなって、こうなって、と計画的につくるというのは、ぼくにとってなんの意味もない。だからスポンテイニアスに次何が来る、次何が来る、とつくっていって、最後に結末が来る。……書きはじめのときに全体の見取り図があるわけではぜんぜんなくて、とにかく書くという行為の中に入り込んで行って、……［結末が来る］。そしてある種のカタルシスがそこにあるわけです。（河合・村上

1996, pp.68–69）

村上の場合、あらかじめ計画をして意識的に物語を作るというのではない。小説を一つの枠組みとして、その中で自発的に物語が語ることに意味があるのだ。上述の「無意識」という言葉を用いるならば、無意識の領域に開かれながら、その流れにある程度委ねるということである。彼にとって、小説はそのための枠組み、生成の場であり、方法でもあるのだ。もちろんそこで生じるものを記述する人がいなくては何も残らないので、その役割を村上が担う。

私は、このような創作活動に、心理療法との類似性を見る。いずれも心の無意識の領域まで掘り下げていくのである。ただし、村上は一人でこの作業を行うのに対して、心理療法はクライエントとセラピストの間で行われるという違いはある。また、一口に心理療法と言っても、さまざまな種類やレベルのものがある。現実的な助言を求めて来られる場合もあれば、じっくりと自分自身と向き合う場を求めて来られる場合もある。しかし、いずれにしても、これまで当たり前のように進んでいた自分の人生の中で、ふと立ち止まる、あるいは立ち止まらざるをえないということが生じてきているわけである。

日常生活の中でも、我々はふと何かを思いついたり、ふと何かが気になったりすることがある。しかしそれがなぜなのか、何なのか、本当のところ自分でもよくわからないことがある。「ふと」というのは曲者だ。このような時に「無意識」という概念は便利である。自分でもよくわからないけれど、無意識の中に何かそうさせるものがあるのではないか、ということになる。どんなに些細なことのように見えても、「ふと」立ち止まった時には、結局は無意識の領域まで視野に入れて自分自身と向き合わざるをえない。いや、向き合う機会に巡り合ったと捉えた方がよいのかもしれない。

心理面接の場は、クライエントがセラピストに支えられながら無意識からのメッセージを探し出すために設定される、生成の場と理解してもよいのではないだろうか。村上の場合には、小説が一つの枠組みであるのと同様に、心理面接の場合は、決められた時間、場所というのが枠組みになっているのである。毎週◯曜日、△時から、◯◯カウンセリングルームの△△面接室においてといった具合に、である。枠組みがしっかりしていて初めて、安全に無意識の流れに身を委ねることができる。村上春樹にとっての小説とクライエントにとっての心理面接とでは、一見すると目的は異なるものの、自らの無意識の世界と対峙するという本質的な意味においては同質の仕事がなされていると考えられる。

心理療法においてどのような場が提供できるのか、いや、そこにどのようなものが布置されるのかは、あくまでもクライエントとセラピスト、両者の組み合わせによる。それはクライエントの無意識だけではなく、セラピストの無意識も関わってくるからである。それゆえ、辿る経過は一通りではないし、予測もできない。そこに心理療法の真髄がある、と私は思う。とはいえ、もちろん、通常クライエントは、主訴と呼ばれる何らかの問題を抱えて来談されるので、それを解決することが一応の目標となる。そこで、実際にはクライエントの自我の状態や、クライエントの置かれている状況と照らし合わせて、緩やかな目標を設定しながら、上述のような作業を併行して行うというのが現状に即した理想に近いと言えるだろう。

2003年のインタビュー（「『海辺のカフカ』を中心に」）で村上（初出2003/2012c）は、次のように述べている。

……物語という文脈を取れば、自己表現しなくていいんですよ。物語がかわって表現するから。……僕の自我がもしあれば、それを物語に沈めるんですよ。僕の自我がそこに沈んだときに物語がどういう言葉を発するかというのが大事なんです。（p.116）

物語を一つの枠組みとして、村上春樹という「個」が生成の場に参画し、物語自体が語り出すのをひたすら待ってそれを書き留めていく。ここで村上が「僕の自我を物語に沈める……」と言わず、あえて「僕の自我がもしあれば……」と言っているところに注目したい。西洋近代自我の発想であれば、まず自我ありきということになる。そこでは自我の存在は、疑う余地のない自明な存在である。しかし、村上はそうではなく、自我の存在自体を懐疑的に捉えていることを仄めかしているのは興味深い。

上記のインタビューで、村上（初出2003/2012c）は、自らの表現の方法はアメリカ文学、外国文学に強い影響を受けているが、その方法を使って日本のことを書いていることに意味があると思っていると述べている。「長く外国で暮らしていて、それから日本に帰ってきて暮らして小説を書いているけれど、それは日本回帰ということではなくて、最初からそうなんです。最初から日本人がどういう風にこの世界で生きているかということに興味があるんですね」（p.144）と言っている。また2004年のインタビュー（「何かを人に呑み込ませようとするとき、あなたはとびっきり親切にならなくてはならない」）でも同様に、「僕は日本について書きたいのです。ここで我々がどのように生きているかについて。それが僕にとっては大事なことです。……僕の『物語』はあくまで僕固有のものであって、それは決して『西欧化』されているわけじゃない」（村上 初出2004/2012a, p.239）と述べている。一般的に、村上の作品は西洋化していると捉えられがちだが、「僕の自我がもしあれば」という彼のスタンスは、上述の村上の言葉を裏づけるものであると考えられる。

日本人の自我のありようの特徴を明らかにすることに取り組んだ著作としては、河合隼雄の『母性社会日本の病理』（1976）、『中空構造日本の深層』（1982b）、『昔話と日本人の心』（1882a）、『神話と日本人の心』（2003）などがあり、それらを踏まえて論考を発展させた拙論（Yama, 2013, 2018a, 2019）を参考にされたい。

「小説を書くというのは、とにかく実に効率の悪い作業」（村上 2015b, p.22）であり、時間と体力を要することを繰り返し述べている。そのとおりだと思う。上述のような村上春樹の創作方法は、まさに自らの存在を賭けての「実験」と言っても過言ではないであろう。

幸い村上は、自らの創作過程について雄弁に語る語り手でもある。材料としては、上記の対談集『村上春樹、河合隼雄に会いにいく』(1996)、雑誌『考える人』(新潮社)に掲載された「村上春樹ロングインタビュー」(2010)、国の内外でのインタビューを集めた『夢を見るために毎朝僕は目覚めるのです――村上春樹インタビュー集1997‐2011』(2012c)、『小澤征爾さんと、音楽について話をする』(2011)、『職業としての小説家』(2015b)、『みみずくは黄昏に飛びたつ』(2017：川上未映子が訊き手となり村上が語るインタビュー)などが挙げられる。

また、1979年から1989年までの作品を収めた『村上春樹全作品1979～1989』(全8巻)には、各巻ごとに『自作を語る』と称した小冊子(以下『自作を語る』と略記)が付録として付けられているし、1990年から2000年までの作品を収めた『村上春樹全作品1990～2000』(全7巻)の各巻巻末には、作品の解題が添えられている。これらは、作品の内容の解説ではない。どのような状況の中から、どのようにして作品が生まれたのか、が物語と同様の語り口で語られている。つまり、物語が生成される過程で起こったこと、生じたことが述べられており、村上自身、そこに重きを置いているのが窺える。その他、随筆や、海外滞在中に日本の読者に宛てた便りや、旅行記のようなものの中にも、物語生成の様子を垣間見ることができる。村上は、創作について語る語り手であると同時に、創作過程を描く物語の主人公であると言ってもよいかもしれない。それは、時代の流れ、そして村上個人の人生の流れの中から拾い上げられたものが、村上という一人の人間の「自我」を通して、作品という形になっていくプロセスの語りでもある。「自我」は個性を形作り、一つの「個」としての存在を生み出す。

Ⅲ　はじまりの時

村上春樹はどのようにして小説を書くようになったのか。『村上春樹全作品1979～1989』第1巻付録の『自作を語る』①（以降、数字は『村上春樹全作品1979～1989』の巻数を示す）には「台所のテーブルから生まれた小説」というタイトルがつけられている（村上 1990b）。大学在学中に結婚し、ジャズ喫茶の店を経営しながら生計を立てていた村上は、デビュー作の『風の歌を聴け』を、夜中、台所のテーブルに向かって書いた。

この小説を書き始めたきっかけは、実に簡単なことだった。突然何かが書いてみたくなった、ただそれだけである。本当にふと書きたくなったのだ。それで新宿の紀伊國屋に行って万年筆と原稿用紙を買ってきた。そして机に向かった。……（『自作を語る』① p.II）

独特の淡々とした語り口で始まる。「突然」「ただそれだけ」「ふと」とあるが、いったい何が彼を動かしたのだろうか。

……二十九歳の春の昼さがりに、神宮球場の土手式の外野席［略］に寝ころんでいて、ふとこう思ったのだ。才能や能力があるにせよないにせよ、とにかく自分のために何かを書いてみたいと。……１９７８年はヤクルト・スワローズが優勝した年だった。僕は春に書き始めて、優勝が決定する前後に書きあげた。神宮球場のすぐそばに住んでいたので、よく試合を見に行った。ヤクルトは二十九年めの初優勝で、僕もやはり二十九歳だった。もちろん松岡も良かったし、若松も良かった。でもそのシーズンには船田とか伊勢とかヒルトンといった、もう盛りを過ぎていたり、あるいは本来の資質から言うとどうも一流とは言いがたいような選手もそれぞれの持ち場でよく活躍した。みんな頑張ってるんだ、僕だって頑張らなくっちゃと思って机に向かったことを覚えている。……（『自作を語る』① pp.II–III）

29歳。それは30の大台に乗る一歩手前の20代最後の年である。おそらく誰にとっても、それは十分特別な意味を持ちうる。特に、村上のように、大学を出てから既存の集団に一度も属することなく生きてきた人にとっては、なおさらであろう。誕生日は、生まれ変わり、刷新する時でもある。

昨今は、少しずつ状況が変化してきているとは言っても、依然として日本の社会では、何かの集団や組織に属することでアイデンティティが保障されるようなところがある。名乗る時も、○○会社の誰某、△△大学の誰某と名乗るのが礼儀になっているではないか。

例えば「どんな仕事をしているのですか?」と尋ねられて、「~会社の営業にいます」だとか「開発にいます」ということで、十分な答えとして認められるのは欧米では稀である。あらためて、そこで(あなたは)何をしているのか、と尋ねられることが多い。帰属している集団の中に自らを埋没させることで、「私は~をしています」とことさら「私」を強調する表現を避けるのも、日本社会の特徴であるように思う。そのような集団の中で、個人としてどのように生きるか、自分の本来の仕事をしっかりやるのか、ということよりも、軋轢を生まないように周囲とうまくやっていけるかということの方が、はるかに危急の課題であることが多いのではないか。これは、組織に肩代わりさせることで、個人としての自分の生き方を問うことを先送りにする独特なシステムであるとも言えるであろう。

村上のように、そのようなシステムに組み入れられることを好まず、一から店を立ち上げて自営業主として生きるという選択をすると、若くして、自分のアイデンティティや人生について繰り返し問わざるをえない。心理療法に来られるクライエントにも、ひょっとしたらまだ自覚はないかもしれないが、そういう社会のあり方に、どこかで疑問を感じている人が少なくない。ほとんどの人が、当たり前だと思っている社会の中で、少し距離を持って見ている人にしか見えないこともあるのではないかと思う。

さて、29歳の時の贔屓の野球チームの29年目にして初めての優勝。この数字の符合も、意味深い。しかし一方で、野球のチームがたまたま自分と同じ年で初優勝したからといって、普通は、せいぜい皆頑張ったんだ、と一時的に感慨深く思うくらいで、自分と結びつけて捉えられることは稀であろう。昨今、オリンピックにしてもサッカーのワールドカップにしても、さまざまなスポーツの大会が開催されるたびにちょっとしたフィーヴァーが起こる。とは言っても、それはたいていほんの一過性の熱狂で終わる。少し時間が経つと、皆、すっかり忘れて何事もなかったかのように見えるのが常である。非日常からの日常への回帰と言ってもよいであろうか。昨今この変化のスピードがどんどん速くなっているという印象がある。本当に不気味なくらいに。

ところが、時として、この時の村上春樹のように、外界で起こった事象が自分の人生の文脈の中にすっぽりとはまり、特別な意味を持つことがある。何か大きな流れに身を委ねるような生き方とでも言おうか。馬鹿馬鹿しいと一笑に付す人がいるならば、それはその人が現実だと自分が信じている世界が、すべてだと思って生きているからであろう。こうした不思議な出来事に対して開かれていないために、いろいろ意味のあることが起こっていても、気づいていないだけなのではないか。

そもそも日常生活において、我々が、何かを自分の意思で決めたと思っていても、いったいどのくらい本当に、それが自分の意思だと言えるであろうか、疑問に思う。ほとんど意識せずに行ったことは、気づくこともなく忘れてしまう。そしてたいていの場合、我々は忘れてしまったことさえ覚えていないものだ。

村上は、ジャズ喫茶の仕事を終えた夜中、台所で書き上げた作品、『風の歌を聴け』を『群像』の新人賞に応募する。

『風の歌を聴け』が最終選考に残ったと『群像』編集部のMさんから知らされた日のことをよく覚えている。それは春の始めの日曜日の朝のことだった。僕はもう三十になっていた。（『自作を語る』①p.VI）

応募したこともすっかり忘れていたという。すでにこの間に村上は、20代から30代への境界を越えていた。ちなみに、「僕は29歳になり、鼠は30歳になった」という一文が『風の歌を聴け』の中にある。物語の中で、「鼠」は大学時代に出会った「僕」の友人である。まだ20代にいる「僕」と30代への境界を越えた「鼠」。「僕」も「鼠」も、村上であると同時に、村上ではない。『風の歌を聴け』、『1973年のピンボール』（1980a）、『羊をめぐる冒険』（1982）の三部作にはいずれもこの「鼠」なる人物が重要な役割を持って登場する。村上の回想は続く。

その電話を切ってから女房とふたりで外に散歩に出た。そして千駄谷小学校の前で、羽に傷を負って飛べなくなった鳩をみつけた。僕はその鳩を両手に抱いたまま、原宿まで歩いて、表参道の交番に届けた。その間ずっと鳩は僕の手の中でどきどきと震えていた。その微かな生命のしるしと、温かみを僕は今でも手のひらに鮮やかに思い出すことができる。それはぼんやりとした暖かな春の朝だった。貴重な生命の匂いがあたりに満ちていた。たぶん新人賞を取ることになるだろうな、と僕は思った。何の根拠もない予感として。(『自作を語る』① pp.VI-VII)

実際村上春樹は賞を取り、小説家としての第一歩を歩み始める。上記の語りから、鳩の生命の温かみが体を通して伝わって来る。このような記憶は、何年経っても鮮やかさを失わず、体に蘇るであろう。なぜならこれは、日常とは別の次元の研ぎ澄まされた感覚を通しての体験だから。

日常の体験やつながりは、象徴的に言えば、水平方向の次元の出来事と捉えることができるのに対して、非日常的なものは、垂直次元の出来事として理解することができる。

ここで、垂直次元と鳩について考察を深めてみたい。少し唐突だが、キリスト教の新約聖書に、天使ガブリエルが聖母マリアにイエスを身籠ったことを告げる『受胎告知』という有名な逸話がある。この場面に、精霊の象徴として鳩が描かれていることが多い。ヨーロッパの美術館を訪れると、古来より、この同じテーマが有名無名の数多の画家によって繰り返し描かれてきたのを見ることができる。キリスト教者にとって、これがいかに重要なイメージであるかが窺える。

かつて私は、ユング派の分析家エディンガー著［筆者注：Edinger は米国ではエディンジャーと発音するが、ここでは河合隼雄『明恵 夢を生きる』（1987, p.111）において「エディンガー」と表記されているのに倣った」の『キリスト元型（Edinger *The Christian Archetype*）』を取り上げ、垂直次元に開かれる体験としての受胎告知について論じたことがあるが（山 2006）、そこに描かれている鳩は、地上界と天上界をつなぐ存在と捉えることができる。鳥は飛ぶことができるという特性から、このような象徴の担い手となりうる。

傷を負った鳩を見つけて助けるという体験も、日常の雑多な出来事の中に埋没されてしまえば、すぐになかったこととして忘れ去られてしまいうる。それどころか、忙しい人たちが多い昨今、そもそも傷ついた鳩に目がとまることの方が珍しいかもしれない。

このような逸話もある。村上は、雑誌のインタビュー（村上 2012a）で、翻訳する作品はどのようにして決めているのかと問われ、次のように答えている。

いろんな本をこまめに読んで、「これは面白い。僕が訳さなくては」と思ったら訳します。僕にとってはそういう邂逅が大切になります。依頼を受けて訳すということはまずありません。（p.21）

ここで「邂逅」という表現が用いられているのも興味深い。「邂逅」には、意図的、計画的ではない、偶然の出会い、一期一会の出会いといった意味合いが含まれている。とにかくいろいろな本を読んで刺激として取り込み、自分というフィルターに引っかかったものを選ぶということか。依頼を受けて訳すことはまずないという。つまり第三者の意図に乗っかることはないということである。本の方でも、どこかで、訳してほしいと村上に近づいて来る感じというと言い過ぎだろうか。

また、まだ村上の作品を読んだことのない若い読者に、最初に読む一冊を勧めるとしたらどの作品になるかという質問に対しては、次のように答えている。

たまたま手に取った一冊、ということになると思います。大事なのは出会いそのものだから。

(村上 2012a, p.23)

これらの返答にも、小説を書き始めた時から一貫した村上の姿勢を見てとることができる。つまり、邂逅やたまたまの出会いを大切にするということであり、日常的な発想を超えた出会いを感じさせる。しかし一方で、いろいろな本をこまめに読むといった下地があることも忘れてはならない。そしてもちろん、少なくとも本を手に取るという行為がなければ、そうした邂逅も出会いも起こりえない。

少し話は逸れるが、昨今街中から小、中規模の書店が次々と消えていく状況に私は戸惑いを覚える。空いている時間に、ふらりと入った書店でふと面白い本と出会う。このような偶然の出会いの可能性が断たれてしまうのではないかと危惧する。振り返ると、思春期の頃、しばしば立ち寄っていた書店でふと手に取った本が、今日の私を方向づけているのを思うにつけ、そのように感じる。

村上春樹は、29歳でふと思い立って書いた小説が受賞をし、小説家になった。29歳、29年目の初優勝、羽に傷を負って飛べなくなっていた鳩を見つけて両手に抱く。日本語に「降って湧いたような災難」や「青天の霹靂」という表現があるが、日常を打ち破るのは、垂直方向の動きである。『風の歌を聴け』が出版された後、「あれが小説と言えるんなら、俺にだって（私にだって）あれくらいのものは書ける」と、周りの多くの人たちが言ったらしい。村上は言う。

僕も実にそのとおりだと思った。……でも少なくとも、そう口にした人は誰も小説は書かなかった。たぶん書くだけの必然性がなかったからだろう。必然性がなければ——たとえ能力的に書けたとしても——誰も小説なんか書かない。でも僕は書いた。それはやはり僕の中にそうするだけの必然性が存在したからだろうと思う。（『自作を語る』① p.VI）

自分には小説を書く必然性があった。その時にはまだ本人も気づいてはいなかったかもしれないけれど、確かにあったのだ。これは、内からの揺るがない確信である。いかに周囲でいろいろな事が起ころうとも、たとえそれがどれほど稀有なことであっても、内的な必然性がないと、内外の事象は結びつかないし、何も生じない。もっとも、簡単に結びつきすぎるのも危険ではある。何かが起こると、何でもかんでも「～のお告げ」と自分と結びつけて受けとってしまうのは問題である。

実は、村上はもともと書くことを職業にしたいと考えてきたようで、大学の映画演劇科に入り、学生時代にシナリオを書こうと試みていたこともあったらしい。こうして小説家村上春樹が誕生する。

Ⅳ　生い立ち——言葉への関心

村上の生い立ちについても簡単にさかのぼっておく必要があるだろう。大学に入って突然シナリオを書いてみたいと思ったわけではないだろうから。

村上は、１９４９年1月京都市で生まれ、その後、早稲田大学第一文学部映画演劇科に進むまで西宮、芦屋で過ごす。父親は京都の寺（安養寺）の住職の息子、母親は大阪・船場の商家の娘であり、いずれも生粋の関西人である。戦後数年しか経っていない当時の日本、京都の寺の家という環境を想像し、その時代背景を念頭に置いておくことも重要であろう。もちろんまだ生まれていないという読者も多いだろうが——かく言う私もその一人であるが——、少なくとも想像してみることは大事である。

両親ともに国語の教師だった。村上は、村上龍との対談集『ウォーク・ドント・ラン』（1981）の中で、両親から受けた日本の古典文学の影響について語っており、多くの古典文学を今でも暗唱できると述べている。とにかく、本を読むのが好きだったという。「10代の頃には異常なくらいたくさんの本を読みました」（村上 2012a, p.22）とも言い、その頃の本の読み方について

僕は一人っ子だったし、小説を読んだり音楽を聴いたりすることで自分を保っていたようなものだから、入り込み方はわりに深いですね。ただし、小説なら物語性の中へどんどん入っていくから、あまりインテレクチュアルな入り方じゃない。とにかく子どもの頃から物語の世界に入っていって、書かれている人の姿というか肌の温もりみたいなものを感じるということが多かった。（村上 初出 2003/2012c, p.103）

と述べている。ここに、村上の、物語に対するスタンスの原点があるように思われる。第三者の視点ではなく、物語の中に自分の身を入れて読むのである。

当時、両親が日本文学について話すのに反抗してか、彼は欧米翻訳文学に傾倒し、『世界文学全集』（河出書房）と『世界の文学』（中央公論社）を読んでいたという。また中学から高校にかけては、『世界の歴史』（中央公論社の全集）を繰り返し読み、高校では、ペーパーバックを読み始める。海を渡って送られてくるペーパーバックを読みながらアメリカへの憧れを育んでいたのだろうか。

１９６４年の東京オリンピックと、１９７０年の万国博覧会を経て日本は急激に変化、発展しつつあったとはいえ、１９７０年代にはまだ、豊かさにおいて日本とアメリカの間には格段の差があった。

村上は、高校時代からジャズやアメリカ文学に親しんでいたことで、そこには、アメリカ文化との出会いがあったようだ。彼が、海外からの文化にいち早く触れることのできた、港町神戸で高校時代を過ごしたことも、村上春樹を形成する上で重要な意味を持っていたであろう。アメリカ南部で発祥したジャズの根底にあるのは、アフリカ大陸から連れて来られたアフリカ系アメリカ人のリズムである。彼らの民俗音楽は体に直に訴えかけてくる。そこには人種や民族を超えた音楽を通しての文化の融合があるが、その過程には喪失や哀しみ、怒りの歴史があったであろうことが想像できる。

この年代の、厖大な読書や音楽を通して蓄積されたものが、後に、村上の物語が語り始めるための材料（マテリアル）となっていることは言うまでもない。これら種々雑多な材料は、いったん彼の心の奥底に沈められ、長い年月をかけて醸成された。そして時が来た時、別の形を成して再び顕われ、独自の言葉で語り始めたのである。

『１Ｑ８４』の二人の主人公の10歳の頃をめぐるインタビュー（「村上春樹ロングインタビュー」１日目）の中で、村上は自らの子どもの頃について次のように語っている。

彼ら［筆者注：二人の主人公、青豆と天吾］とはちがって、僕は幼年時代や少年時代に、自分が傷つけられた記憶はありません。……ものすごくたくさん本を読んでいたから、自分でも何か書きたくなるのが普通なんだろうけど、なぜか二十九になるまで小説を書こうという気持ちがおきなかった。どうしてかというと、書くべきことがなかったからです。……で、［小説を］書いているうちに、だんだんわかってきたことがありました。幼年時代、少年時代に自分が傷ついていないわけでは決してなかった、ということです。人というのは、だれであろうと、どんな環境にあろうと、成長の過程においてそれぞれ自我を傷つけられ、損なわれていくものなのです。ただそのことに気がつかないだけで。（村上 2010, p.36）

「人というのは、だれであろうと、どんな環境にあろうと、成長の過程においてそれぞれ自我を傷つけられ、損なわれていくもの……」という件について、私もまったく同意見である。もちろん子どもにとって、絶対的に劣悪な環境というのはあるだろう。しかし、一般的には望ましいと思われるような環境にあっても、やはり人は傷つき、損なわれ、その中で成長していくのではないだろうか。子どもを傷つけないようにすること、損ないうるものを取り除こうとすること、それが疑うことなく良いことだと信じられていることが多い。しかし、本当にそうだろうか。もちろん、今日の、命まで奪いかねない子どもの虐待やいじめの問題を考えると、軽々には言えないし、

「子どもを傷つけるのがいいと思っているのか」とすぐにお叱りを受けそうだということも承知しているが、しかしそれでもやはり、私は、疑問に思う。傷つけたのか、つけてはいないのか、いじめがあったのか、なかったのか、いつも、黒か白かの二分法的発想からスタートすることで、本当に大事なものが見逃されているように私は思う。村上は言う。「その痛みから、……自分の内的な物語が生まれてくるんです」（村上 2010, p.37）。

痛みを通してこそ、心の深みが見えてくることもある。痛みは、引っかかりであり、留め金でもある。引っ掛けて、立ち止まらせてくれるものがなければ、我々はただ漫然と過ぎていくだけの人生を歩むことになる。

今日、早急なプラス思考でもって、いち早く立ち直るのが良いことであると信じて疑わないような風潮もある。昨今その傾向がますます強くなってきているように感じる。人間誰しも、痛みを持ち続けているのは辛いのでそのようになるのはよくわかる。しかし、その人が本当に悲しみ苦しんで、大変な思いをしてそれを乗り越えた時に、初めて何かが変わりうるのを私は見てきた。そのための時間と場所を提供することが、心理療法の役割ではないか。もちろん、その後も痛みがなくなるというのではなく、持ち続けられるものに変容するのを待つということなのではないかと思う。このように書くと多くの読者の反感を買うかもしれない。しかし、それでも私は、ポキっと折れてしまわない心の力のようなものを養うことも大切なのではないかと思っている。

村上は言う。「なぜか二十九になるまで小説を書こうという気持ちがおきなかった。どうしてかというと、書くべきことがなかったからです」（村上 2010, p.36）と。それはそれでいいのではないかと思う。時が来れば、また変わるかもしれない。村上の場合、実際変わった。村上の言葉を借りるなら、要は「内的な必然性」があるか否か、ということであろう。ことさら傷ついたと取り沙汰されることはなくとも、村上の中で密やかに持ち続けられてきた傷が「内的な必然性」を生み出し、育んできたと言えるのではないだろうか。

創造的な営みには痛みを伴う。これは、古今東西の芸術家や文学者たちの一生を見れば明らかである。しかし、何も特別な人たちだけのことではない。本来、生きること自体が創造的営みであり、そういう意味では一人一人の人間が創造に携わっていると言える。

イギリスの分析心理学協会の指導的な教育分析家であったゴードン（Gordon, 1978/1989）は「創造とは生と死のたえざる相互作用による」（p.157）と述べている。痛みを生き、痛みを持ち続ける力があってこそ、死と対峙することができるのではないだろうか。そしてそこから何かが生まれるには、それに耐えうる心の強さが必要である。村上は独自のやり方でそのための鍛錬を積んで来たと言えるであろう。

もう一点、村上の創作について考える上で重要なのは、言葉の問題である。村上は自分の文体に繰り返し言及しており、文体を非常に重視している。自分の物語を語るための言葉だから、村上にとってどのような言葉で語るのかは、とても大事なのである。河合隼雄との対談の中で、初めて小説を書いた時のことを次のように語っている。

自分がうまく説明できないことを小説という形にするということはすごく大変で、自分の文体をつくるまでは何度も何度も書き直しましたけれど……。それまでの日本の小説の文体では、自分が表現したいことが表現できなかったんです。（河合・村上 1996, p.67）

文体の問題に関しては、後にあらためて論じるつもりであるが、ひとまずここでは、村上が、言葉に対しての意識をすることになった所以についてのみ触れておく。「村上春樹ロングインタビュー」（2010）で次のように語っている。

もし関西の大学に行ってたら、かなりの確率で小説なんて書いていなかっただろうと思います。……（p.63）

僕は関西生まれの関西育ちだから、大学に入るまでは当然何の留保もなく関西弁をしゃべっていた。バイリンガルだからいまでもあっちに帰って、知ってる人に会うとすぐネイティブに戻っちゃうけど、東京では完全に東京の言葉でしゃべっています。それは結局のところ、第二言語なわけです。……第二言語を使って生活していると、頭が重層化する。……それで自然に言語性ということを意識するようになった。(p.64)

これは、ずっと関西に暮らしていると、関西弁が当たり前になりすぎて、言葉そのものについて、ことさら意識することはなかったのではないか、ということであろう。個人的な話になるが、私自身、小学校低学年の時に、京都から広島に引っ越しをした経験があるので、これは実感を持って納得できる(山 2003)。さらにこの後、中学1年生になった時、今度はアメリカで暮らし、英語で生活することになった。この二つの出来事がなかったならば、ひょっとしたら私は、深層心理学や心理臨床学を学んでみようとは思わなかったかもしれないし、言葉の音《オン》やリズム、そして言葉自体に関心を持たなかったのではないかと思う。

例えば、京都で「~さんが言わはったし~」と言うのを、広島では「~さんが言うちゃったんじゃけー」と言うことを頭で理解することは簡単である。しかし、自分がいざ使う段になるとどこかしっくり来ない。結局何かを言おうとするたびに、一息おいて意識をすることになる。さらにイントネーションに関しては、翻訳だけでは対応できない。言葉の調子が、予期せぬところで上がったり、下がったりするように感じられ、このような抑揚の違いは結構体に堪える。自分としては、幼心に、できるだけ京都弁のイントネーションが出ないように意識をしていたのを覚えている。

これは単に、京都の言葉を話すとか、広島の言葉を話すという道具としての言葉の問題だけではない。それまで当たり前のように――上記の村上の言葉を借りるならば、「何の留保もなく……」――使っていた言葉が、突然意識をしなくてはならないものとなったという体験である。生まれ育った土地の言葉は、そのリズムやイントネーションが、体にしっかり結びついたものであるが、二次的に身につけられた言葉の場合は、どうしても体とのつながりは弱くなる。いずれにせよ、幼くして言葉に対して意識的にならざるをえなかった経験は、後の私の人生にいろいろな影響を与えたように思う。

幼少期に引っ越しし、転校をする子どもはたくさんいるだろうし、大学で地元を離れて別の言語文化圏の大学に行く人も多いだろう。しかし、皆が、村上や私のように体験をするわけではないであろう。おそらくそこにも、内的な必然性ということが関わっているのだろう。村上にも私にも、異なる言語文化圏に住むことが、生涯影響を及ぼすような内的な必然性があったということなのかもしれない。

さて、すでに述べたように、村上は高校時代にアメリカ文学やジャズを通してアメリカのリズムや呼吸に触れている。『風の歌を聴け』は、初め実験的に英語で書いてみたという。この試みも興味深いのであらためて後の章で取り上げる。日本語で書くのか、英語で書くのかも、単に、用いる言語が違うだけではない。

イスラム哲学者、言語哲学者である井筒（1985）は「異文化間の対話は可能か」という問いに答えることを試みている。井筒によれば、文化が織りなす網目構造を通して存在の混沌（カオス）は秩序づけられており、人間は、文化に構造化された「世界」に生きている。井筒は、カオスから文化秩序への転成のプロセスを、存在の意味分節と呼んでおり、それに言語が結びつく。別の文化の言語を用いるということは、世界の分節の仕方自体が変わり、つまるところ世界の捉え方そのものが変わるのである。このことは、今日のように急速に世界のグローバル化が進む中、母語以外の習得について考える上で重要な視点を示していると思われる。

村上は、長編小説、短編、翻訳、随筆など、自分の創作活動において、その都度何を手がけるのか、かなり意識的にバランスをとりながら進めている。その中で、翻訳も重要な位置を占めている。小説を書くことと翻訳との違いを、柴田との対談（村上・柴田 2000）で詳しく語っている。

［翻訳は］厳然たるテキストがあって、読者がいて、間に仲介者である僕がいるという、その三位一体みたいな世界があるんですよ。（p.26）

……翻訳していると癒されるという感じがあるんですよね。なぜ癒されるかというと、それは他者のなかに入っていけるからだと思うのね。（p.38）

村上は、このような翻訳の作業の取り組み方を通して、アメリカという国に生まれそこで生活する他者＝作家の中に入り、その人の目を通して世界を見、その人の心をもって感じたということか。実際に村上が長期間日本を離れたのは１９８６年37歳の時であり、初めてアメリカで暮らしたのは、１９９１年42歳の時であるが、村上の中で言語表現における、日本とアメリカ（西洋）のテーマはずっと以前から、取り組まれていたと言えるであろう。

第2章 初《イニ》めての物語《シャルストーリー》としての『風の歌を聴け』

Ⅰ 初めてということ

1979年、第1章で述べたような顛末を経て『風の歌を聴け』は『群像』の新人文学賞を受賞し、村上春樹の処女作となった。誰にとっても、何においても、人生初めての体験には特別な意味がある。なぜなら、それは新しい世界への扉を開くこと、あるいは新しい世界に対して自らが開かれることだからである。

小説を書くという営みは、そこに一つの物語世界を立ち上げ、創造することである。それまで、その人の心の奥底に眠っていたものが初めて外に出る機会が与えられると、表現のスタイルがしっかりと確立されていなければいないほど、その人独自の本質的なものがそのまま表出されやすいと考えられる。そこで、本章においては、『風の歌を聴け』を、村上の初めての物語（initial story）という視点から捉え、その意味について考える。

心理療法においても、第1回目の面接には特別な意味がある。「何を話してもいいんですよ」「秘密は守られます」と保証され、クライエントはそれまで悩んできたこと、誰にも言えなかったこと、聞いてもらいたいことを話し始める。良い悪い、の判断をせずに、批判をすることもなく、じっと耳を傾けながらそこに居続けてくれる人がいると、自分でも思ってもみなかったことを話してしまうということは誰にでも起こりうる。そこには、自分でも気づいていなかったさまざまな事柄が含まれていることがある。例えば、守られた面接の中で話してみて初めて、自分がそんなに傷ついていたのだと知ったり、それまで関係が良いとばかり思っていた両親に対しても怒りを感じたことがあったことに気づいたりする。

深層心理学の考え方を基盤とする心理療法では、クライエントの夢を扱うこともある。睡眠中は意識の水準が低下するので、夢にはその人の意識を超えたところのイメージが表現されると理解し、心の無意識の領域にアプローチするためである。クライエントが心理面接で初めて報告する夢――特にイニシャルドリームと呼ぶ――は、その個人にとっての重要な何かが表現されうるもの、特別な意味を持ちうるもの、時には予後を予見さえするものとしてしばしば注目される。それまでも夢を見ていたとしても、夢には何か意味がある、とあらためて注目をすると、これまでとは違ったものとして夢見が体験されることがある。それまで閉じられていたイメージの世界の扉が開かれると言ってもよいかもしれない。そこに、その人の大切な何かが顕れうるというのも、それほど不思議なことではないであろう。

物語ということで言えば、世界が初めて開かれ、創造される過程を物語る創造神話は同様の意味合いにおいて興味深い。ユング派分析家のフォン・フランツ（von Franz 1972/1990）は「創造神話には、他の神話の場合以上に、何か存在の基本に関わることが語られているような雰囲気がありす」（p.7）と述べている。物語においても、新しい世界が開かれる時には、基層にある根源的なイメージが立ち顕われやすいのである。

村上春樹の長編小説は、現在、２０１７年に出版された『騎士団長殺し』（第1部、第2部）も含め、全作品が海外で翻訳出版されているが、『風の歌を聴け』（1979b）とそれに続く二作目の『１９７３年のピンボール』（1980a）については、村上自身が長年海外で翻訳出版されることを許可しなかった。『風の歌を聴け』は１９８７年に、『１９７３年のピンボール』はそれよりも一足早く１９８５年に、それぞれ講談社英語文庫としてアルフレッド・バーンバウム（Alfred Birnbaum）の訳で刊行されているものの、これらはいずれも日本向けのものである。２０１５年になってようやく、これら二作を合わせて、The birth of my kitchen-table fiction（キッチンテーブルの物語の誕生）という11ページにも及ぶ序文をつけて、*Wind / Pinball: Two Novels* と題して、米国のクノップ社から出版されたのである。

これら初期の二作品は、村上がジャズ喫茶を営む傍ら、仕事が終わってから夜中に少しずつ断片的に執筆したものであり、彼が専業の小説家になってから書かれた長編とは制作の方法が違う。いずれも１９９０年に出版された『村上春樹全作品１９７９〜１９８９』の第1巻目に収録されているが、村上は、『自作を語る』①の中で「習作の域を出ていない作品だとは思う」（村上 1990b, p.VII）と述べている。しかしその一方で、「僕はこの最初のふたつの小説に僕なりの深い個人的愛着を持っている」（p.VIII）、「このふたつの作品はある種の不完全さと表裏一体となって成立していると思う」（p.VIII）とも述べている。だからこそ、これらの成り立ちについて詳細に語った序文をつけた上で、ついに米国で、二作品を一冊にまとめるという形で出版することにしたのであろう。

物語制作の歴史は、小説家の歴史を語るものでもある。村上自身が、小説家村上春樹の成り立ちの始まりとして、これらの作品を欠かすことはできないと感じるようになったのではないだろうか。村上の作品はそれぞれが一応独立、完結してはいるものの、登場人物やテーマのイメージは重層的につながっているので、日本語の読めない読者にとっては、これまで根っこの部分は読めないままに、幹や枝葉の部分だけを読んでいるようなことになっていたとも言えるだろう。次の第3章で詳しく述べるが、特に『風の歌を聴け』の中に唐突に登場するデレク・ハートフィールドは村上春樹の創作の原点に関わっていると思われる。

さて、長々と述べてきたが、イニシャルストーリーである『風の歌を聴け』には、村上にとってその後何十年も取り組まれることになる重要なテーマが、少々荒削りなまま顕れているように思われる。村上の世界観を知る上で外すことはできない。村上自身（1985c）、「小説としては最初のものだし、下手だと思うし、今読み返すと面映ゆいという感じはあるんですが、にもかかわらず冷静に読んでみると僕が書きたかったスタイルとか、方向とか、ストラクチャアなんかはここにだいたい提示されているんですね」（p.38）と述べている。

Ⅱ　タイトル『風の歌を聴け』について

まず、『風の歌を聴け』というタイトルについて取り上げたい。『村上春樹 雑文集』（2011b）には1979年から2010年までの、本人が選んだ未収録の作品や未発表の文章が収録されているが、その中に収録されている「風のことを考えよう」というエッセーの中で、村上はこのタイトルについて振り返っている。「風」のイメージと「聴け」という命令形は、米国の作家カポーティの短編『*Shut a final door*（最後の扉を閉めろ）』からヒントを得たという。これは、『夜の樹』（川本三郎訳、新潮文庫）の中に収められているカポーティの9編の短編のうちの一つである。川本の訳では、このタイトルは『最後の扉を閉めて』と少しマイルドな表現になっている（Capote 1949/1994）。村上は18歳の時にこれを読み、最後の一節 “So he pushed his face into the pillow, covered his ears with his hands, and thought: Think of nothing things, think of wind” がどうしても頭を離れなくなってしまう。特に “think of nothing things, think of wind” の部分が好きだったという。

この小説の主人公ウォルターは、人を愛することも信頼することもできず、人を裏切り、結局恋人も職も失う。四面楚歌に陥った孤独なウォルターに、知らない人物から電話がかかって来るようになる。名前を尋ねても、「わかっているだろ、長い付き合いじゃないか」としか答えない得体の知れない電話に、ウォルターは次第に追い詰められ、悪夢にうなされる。誰も自分のことを知るはずのない町にやって来るも、またしても滞在するホテルに電話がかかって来る。

「そのとき電話が鳴った。また鳴った。大きな音だったのでホテルじゅうに聞えているだろうと彼は思った。このままにしておいたら軍隊が部屋のドアを叩きかねない」(p.139)と本文は続く。そして上述の一節が小説の最後に来る。川本の訳では「そう思ったので彼は顔を枕《まくら》に押しつけ、両手で耳をふさいだ。そして思った。何も考えまい。ただ風のことだけを考えていよう」(p.139)となっている。それに対して村上(初出 2003/2011)は、「そして彼は枕に頭を押しつけ、両手で耳を覆い、こう思った。何でもないことだけを考えよう。風のことを考えよう、と」(p.344)と訳している。"Think of nothing things"を「何も考えまい」と訳すか「何でもないことだけを考えよう」とするかの違いである。「何でもないこと」とは何だろう。本人は「何でもないこと」と思っていることに、実は自分でも気づいていない(無意識の)大切な何かが隠れていることもありうる、と考えるならば、村上のこの訳はなかなか意味深いと思うのだが、いかがであろうか。

ところで、この電話はいったい誰からかかって来ているのだろうか。どうやらこの人物は、ウォルターとは長い付き合いのようである。また彼がどこに行こうとも、その電話の主は彼の居場所を知っているようだ。そうであるならば、これはウォルターの内に存在する何者か――もう一人のウォルターと言ってもよいかもしれない――からの呼びかけと読んでみても面白いのではないか。ユング心理学においては、個人の中の「(その人によって)生きられていない部分」「受け入れられていない部分」のことを「影(shadow)」と呼ぶ。一般的に「影」は、その人にとって脅威になるので心の無意識の領域に押し込められているとされる。これほどまでにウォルターが揺さぶられ怯えているところから見ると、彼が気づいていない、彼の「影」の呼びかけと理解すると興味深いのではないだろうか。

枕に頭を押し付け、「目」を塞ぎ、両手で「耳」を覆う。つまり、外界を見る「目」、外界の声を聞く「耳」を閉じる。そうすることで初めて、もう一つの「目」、もう一つの「耳」が開く。つまり、自らの内界を見つめ、内からの声に耳を傾けることができる、というパラドックスがそこにあるのかもしれない。また『最後の扉を閉めろ』というタイトルからも、最後の扉を閉めてこそ、新しい扉が開きうるという、もう一つのパラドックスが暗示されているとは取れないだろうか。

次に、「風」とは何か。ここで少しイメージを膨らませてみたい。「魂」を意味するラテン語 anima は、語源的には「息」であり、「風」、「命」などの意味を持つ。例えば、animal(動物)は「息をするもの」、animated cartoon(アニメーション、動画)は「息を吹き込まれた漫画」であることを考えるとわかりやすい。同じく「魂」や「霊」を意味するラテン語としては spiritus が挙げられ、animaとは語源的には異なるが、やはり「息」「生命」「(微)風」という意味がある。ちなみに、inspireには「in+spirare(息を吹き込む)」という意味がある。

村上は、言葉を選ぶ際、直観的に決めるようなので、どこまでこのようなことを意識して考えていたかはわからないが、カポーティの短編に出会い、それが心に留まった時から、風の歌を聴く、「魂」の歌う歌を聴くというイメージを持っていたのではないかと推察する。

このように考えると、村上(1985a)が、『風の歌を聴け』というタイトルについて「結果的には何か非常に甘い感じのタイトルになってしまって僕としては心外なんです」(p.14)と述べているのも頷ける。上記の中のエッセー「風のことを考えよう」(初出2003/2011)は、次のように締めくくられている。

> 風について考えるというのは、誰にでもできるわけではないし、いつでもどこでもできるわけではない。人がほんとうに風について考えられるのは、人生の中のほんの一時期のことなのだ。そういう気がする。(p.346)

同感である。そしてウォルターがそうであったように、そこにはやはり痛みが伴うのではないかと思う。人は、このような研ぎ澄まされた感覚をずっと持ち続けることはできない。ある程度鈍感だからこそ、我々はのうのうと生き長らえることができるのだとも言えるであろう。そんな時期がずっと続くと、おそらく誰しも身が持たないだろうから。瑣末な現実的な事柄に拘泥することで、たいていは風の存在に気づきもせずに、我々は生きている。

２００９年、村上は、イスラエルの文学賞エルサレム賞を受賞した際のスピーチ「壁と卵」（初出 2009/2011a）で、次のように明言している。

> 私が小説を書く理由は、煎じ詰めればただひとつです。個人の魂の尊厳を浮かび上がらせ、そこに光を当てるためです。（p.79）

また、２０１２年、東アジアの領土をめぐる問題について、文化交流にも影響を及ぼすことを憂慮して寄せた新聞社への寄稿文「魂の行き来する道筋」（村上 2012b）を、村上は次のような一節で締めくくっている。

> 安酒の酔いはいつか覚める。しかし魂が行き来する道筋を塞いでしまってはならない。その道筋を作るために、多くの人々が長い歳月をかけ、血の滲むような努力を重ねてきたのだ。そしてそれはこれからも、何があろうと維持し続けなくてはならない大事な道筋なのだ。（朝日新聞２０１２年９月28日付朝刊）

近年、村上は「魂」という言葉を積極的に用いるようになっている。これはおそらく彼の年齢とも深く関わっているであろう。『風の歌を聴け』を書いた29歳の時点で、うっかり「魂」などと言ってしまうと、その後何十年も小説を書き続けることが難しくなってしまうのではないだろうか。「魂」そのものについて語ることは難しい。下手をするとひどく陳腐なものになってしまうだけである。村上は30余年間、なるべく「魂」という言葉を使わずに、小説という方法を通して「魂」の奏でる歌を聴きながら、「魂」についての物語を語り続けて来たのではないだろうか。自分に残された時間について考える上で、29歳の時と60代になってからとでは随分違うであろう。そもそも特別な場合を除いて、29歳の時点で、自分にどのくらいの時間が残されているかと意識することは稀なのではないか。

毎日出版文化賞受賞の挨拶（初出2009/2011b）で、60歳の村上は「……年齢を重ねるにつれて、そこには『残された人生で、あとどれくらいの作品が書けるか』という、カウントダウン的な要素も加わってくるのだと知りました」（p.65）と述べている。本当に大切なことは、早急に、安易に、言葉にしてはならない。時が来るまで待つべきなのだ。しかしやはり遅すぎても駄目なようである。70歳を迎えた村上は、これから何を語るのだろうか。

すでに述べたように、村上は高校時代からペーパーバックを通してアメリカ文学に非常に親しんでおり、アメリカ人作家の翻訳も多く手がけている。カポーティはその中の一人である。そして、「カポーティはいうなれば、僕の初恋の作家。……初めて読んだとき、こんな素晴らしい文章を書ける人が世の中にいるんだと、ほとんど痺れてしまった」（村上 2017b, p.25）というほどお気に入りだったようだ。村上のカポーティ作品の翻訳としては、映画にもなった有名な『ティファニーで朝食を（*Breakfast at Tiffany's*）』をはじめ、『あるクリスマス（*One Christmas*）』『クリスマスの思い出（*A Christmas Memory*）』『誕生日の子どもたち（*Children on their Birthdays*）』などがある。

群像新人文学賞応募時の『風の歌を聴け』のタイトルは、Happy Birthday and White Christmas だったが、後に『群像』編集部の要請で変更されたという。誕生日 Birthday とクリスマス Christmas。ここにもカポーティとのつながりが見えてくる。とは言っても、例えば、幼い日のクリスマスの思い出を描いた、カポーティの自伝的物語である『クリスマスの思い出』や『あるクリスマス』が、『風の歌を聴け』に何か直接影響を及ぼしているということではない。言うなれば、「カポーティ」が仲介となり、「誕生日」、「クリスマス」、「風」、「聴けという命令形」、「目を閉じ、耳をふさぎ……」といった言葉の断片が、村上の、物語という枠組みの中でつながり、新たなイメージを呼び覚ます。そしてそこからまた新たなイメージ、そして新たな意味が生成される。カポーティの小説の基底にある深い孤独と喪失感、哀愁、過ぎた日の大切な記憶が、「誕生日」や「クリスマス」という言葉とともに村上春樹の物語に持ち込まれ、通奏低音のように響き続けているように思われる。これが村上の創作方法である。

読者からの「本のタイトルをどう決める?」というメールに答えて、(『風の歌を聴け』のタイトルの変更に関して)「とくに気に入っていたタイトルでもなかったので、わりとすんなり要請に応じました」(2015年4月3日付『村上さんのところ　コンプリート版』)とは言っているものの、やはりよほど思い入れがあったのであろう、表紙のカバーの上部には小さな文字でHAPPY BIRTHDAY AND WHITE CHRISTMASと書かれている。しかし、意図してなのか、せずしてなのかはわからないが、HAPPYの「HAPP」は『風の歌を聴け』のタイトルの部分によって隠れている。

誕生日は、一年に一度自分が刷新される、生まれ変わる日である。この日を機に何か目標を立てたり、決心をしたりすることもあるだろう。『風の歌を聴け』に登場する、小説を書いている友人「鼠」から毎年「僕」に送られてくる小説の原稿の一枚目には、いつもHAPPY BIRTHDAY AND WHITE CHRISTMASと書かれている。『風の歌を聴け』の中の一人称「僕」の誕生日が12月24日だからだ。そしてそれはキリストが生まれたとされている12月25日の前日でもある。

第1章で取り上げたユング派分析家のエディンガー(Edinger 1987)は、キリストの一生を自己が個人の自我に受肉して変化していく様子と、自我が神のドラマに参加して変化していく様子とを再現していると捉え、そこに個性化の過程の再現を見ている。つまり、キリストが一人の人間(一つの「個」)として生きる過程と、「個」としてのキリストが、人間を超えた力によって、個人を超えた集合的な「生」を生き（生かされ）た過程を語るものであると理解しているのである。第1章において、私は、村上が小説家の第一歩を歩み始めることになった頃の体験を、天使ガブリエルが、聖母マリアにイエスを身籠ったことを告げる『受胎告知』と重ねてみた。「僕」の誕生日は12月24日である。もちろん「僕」がキリストだとか、「僕」が村上春樹だと言っているのではない。しかし、これらを、どこかイメージとして重ねながら物語を創作する過程で、村上の中で、『Happy Birthday and White Christmas』がタイトルとして浮かび上がってきたことはとても意味深い。

村上は「村上春樹ロングインタビュー」（2010）の中で、『ねじまき鳥クロニクル』の中の「壁抜け」について触れている。

> 堅い石の壁を抜けて、いまいる場所から別の空間に行ってしまえること、また逆にノモンハンの暴力の風さえ、その壁を抜けてこちらに吹き込んでくるということ、隔てられているように見える世界も、実は隔てられてないいんだということ、それがいちばん書きたかったことです。
> どうして「壁抜け」ができたかというと、僕自身が井戸の底に潜っていったからです。深く潜って、自分をどこまでも普遍化していけば、場所とか時間を超えて、どこか別の場所に行けるんだという確信を得られた。（p.26）

村上は、想像力を持って、時間と空間を超えて行き来し、心の集合的な層にまで降りながら物語を創作している。村上の物語と個人を超えたキリストの集合的な「生」に、確かな共通点を見出すことができる、と私は考える。ノモンハンの暴力の風は壁を抜けて吹き込んでくる。このことからも、「風」の歌を聴くということが、決して甘美なものではないことは明らかである。村上春樹にとってこの物語の創作が命がけの作業であったことが伝わってくる。

村上は『ねじまき鳥クロニクル』を書く中で「壁抜け」を体験し、それを習得した。深く、深く降りていけば、表層の世界では決してつながらなかったものがつながりうるということを、身を以て知ったのである。この時点で、村上の創作を通しての「自己療養へのささやかな試み」(『風の歌を聴け』p.8)の一つの段階が達成されたと言えるであろう。[以降『風の歌を聴け』の引用は、基本的に『村上春樹全作品1979～1989』①からのものである]。

Ⅲ　閉じて、開くこと、開かれること

村上春樹は、10代、20代と、習作に習作を重ねて新人賞を受賞して作家になったというのではない。神戸の高校を卒業し、一年浪人した後早稲田大学に入学し、最初の授業で出会った陽子と22歳で結婚した。陽子の父親に借金をし、アルバイトをして貯めたお金で、ジャズ喫茶「ピーター・キャット」を経営して生計を立て、7年かけて大学を卒業した。毎日夜遅くまで働き、夜中にビール

を飲みながら台所のテーブルに向かってこつこつと書いたというのが『風の歌を聴け』である。当時を振り返り「……ずーっと店で働いてて、それとまったく違う形で物を書く。物を書く時にはまったく隔絶された世界で書けるわけですね。それが愉しかったんです」と述べている（村上 1985c, p.48）。日常の現実世界の扉を閉じ、「隔絶された世界」に開かれながら書いた。いや、それだけではない。書くことを通して、さらに非日常的な世界に開かれたのである。

ここでカポーティの『最後の扉を閉めろ』というタイトルが思い出される。日常の扉を閉じてこそ、『風の歌を聴け』という新しい世界が開いたのである。30歳になる手前で、「人生の一つ上の階に行く」、「ひとつの節目」として、「ひとつのかたちにして残しておきたい」という気持ちが高まっていったのだという（村上 1997/2004, pp.99–100）。

『風の歌を聴け』（1979b）は、1から40までの断章から成っており、この独特の構成は、毎晩約1時間、1章ずつ書き進めたためとのことである。第1章の冒頭に、まず

「完璧な文章などといったものは存在しない。完璧な絶望が存在しないようにね」（p.7）

という非常に印象的な言葉があり、「僕」の次のような語りが始まる。

僕が大学生のころ偶然に知り合ったある作家は僕に向ってそう言った。僕がその本当の意味を

理解できたのはずっと後のことだったが、少くともそれをある種の慰めとしてとることも可能であった。……しかし、それでもやはり何かを書くという段になると、いつも絶望的な気分に襲われることになった。僕に書くことのできる領域はあまりにも限られたものだったからだ。例えば象について何かが書けたとしても、象使いについては何も書けないかもしれない。そういうことだ。……

もちろん、あらゆるものから何かを学び取ろうとする姿勢を持ち続ける限り、年老いることはそれほどの苦痛ではない。これは一般論だ。

20歳を少し過ぎたばかりの頃からずっと、僕はそういった生き方を取ろうと努めてきた。おかげで他人から何度となく手痛い打撃を受け、欺かれ、誤解され、また同時に多くの不思議な体験もした。……僕はその間じっと口を閉ざし、何も語らなかった。そんな風にして僕は20代最後の年を迎えた。

今、僕は語ろうと思う。

もちろん問題は何ひとつ解決してはいないし、語り終えた時点でもあるいは事態は全く同じということになるかもしれない。結局のところ、文章を書くことは自己療養の手段ではなく、自己療養へのささやかな試みにしかすぎないからだ。

しかし、正直に語ることはひどくむずかしい。僕が正直になろうとすればするほど、正確な言葉は闇の奥深くへと沈みこんでいく。

弁解するつもりはない。少くともここに語られていることは現在の僕におけるベストだ。つけ加えることは何もない。それでも僕はこんな風にも考えている。うまくいけばずっと先に、何年か何十年か先に、救済された自分を発見することができるかもしれない、と。そしてその時、象は平原に還り僕はより美しい言葉で世界を語り始めるだろう。(pp.7-8)

これは、これまでずっと閉ざしていた口を、今、開き、語り始めるのだという村上春樹の宣言である。これを読んで勇気づけられる読者も少なくないであろう。他でもない、私もその一人である。インタビュー「『物語』のための冒険」(1985c)では、『風の歌を聴け』の創作過程について、村上は自分の言葉で丁寧に語っている。そこでの「……僕が文章を書くときにはどこかにいる友だちに僕なりの静かなメッセージを伝えたいという気持ちはあるんです。わかる人はわかってくれるだろうというようなね」(p.46)という村上の言葉には、穏やかな語り口ながら、決意と覚悟のようなものが感じられる。村上の作品についてはすでに厖大な数の書評や文芸評論が存在するが、それらは評者たちが各自の世界観をもとに読み解いた、彼らの、別の新たな読み物にすぎない。私の関心は、あくまでも村上の物語とその創造の過程にあるので、できるだけ本人から発せられた言葉に焦点を当てたいと考えている。

まず重要な点として、『風の歌を聴け』は、もともと書きたいこと、書くべきことがあって書いたのではなく、村上が「自己確認」のため、あるいは「自己療養」のために「１００％自分のために書いた小説」だったということがある。しかし、その一方で、「……書くべきことがない、書きたいことがないというのはあくまでも表層的なレベルの問題なんです」（村上 1985c, p.64）とも述べている。つまり、深層にある（はずの）本当に書きたいこと、書くべきことを探すために書いたということである。そして、その書き方は「計算して書こうとか、意識的に何かを作ったというようなことは殆んど何もなくて……」（村上 1985c, p.38）、「無意識的に出てきたもの」（p.38）を拾い上げ、「自分の書きたいことを自分の書きたいように書くという一点に意識を集中」（村上 1985c, p.40）するというものだった。これは後に、より洗練された方法となる。

村上は初めての物語を書くことを通して、二種類の「開け」（河合 1982a, p.71–108）を体験したのではないか。いや、むしろそのために物語を書いたと言った方が真実に近いのかもしれない。一つは、外界に対して、もう一つは自分自身の内界に対する「開け」である。とはいえ、もちろんこれらは明確に「外」、「内」と区別されるものではない。相互に刺激し合って生じるものでもある。そこでは、外界に対して口を開くことと、内界に対して自らを開きながら書きたいことを探す作業とが同時に生じる。さらに加えるならば、このような「開け」の体験は、「私」が「開く」のであると同時に、「私」が「開かれる」のでもある。つまりこれは、能動でありかつ受動でもある体験であり、両者は表裏一体であると言える。これは、「開け」が外界に対するものか、内界に対するものであるのかとか、私が開くのか、私が開かれるのか、といった二元論的発想を超えた体験と言えるであろう。

ここで、心理療法における「開け」について考えてみたい。初めての面接とは、クライエントとセラピストの初めての出会いの場であると同時に、クライエントが「心理療法なるもの」――カウンセリング、心理面接、心理相談など、名前はその都度いろいろな呼ばれ方をしている――と初めて出会う場でもある。それは、クライエントが、じっくりと自らを見つめるために用意された場に初めて足を踏み入れる体験であり、そこには自らを「開き」、自らが「開かれる」作業が安全に為されるための幾つかの装置が施されている。決められた時間に、決められた空間（つまり面接室）でしかクライエントとセラピストは会わないという枠の設定、面接時間に特別な意味合いを持たせる面接料金の設定、家族にも親しい友人にも言えない話をする深くて親しい関係にあるにもかかわらず、日常とは隔絶した面接室でしか会うことのないクライエントとセラピストなどが挙げられる。これらの制限は、物語を書く際に、村上が自分に課した幾つかのルールと重なる。例えば、『風の歌を聴け』においては、仕事が終わってから限られた時間で1日1章ずつ書くというのもそうであるし、専業小説家になってからは、制作の方法や生活にストイックなまでにルールを課すようになる。これらについてはあらためて後述する。

一昔前に比べると、良くも悪くも心理的な問題のための相談機関の敷居は随分低くなったように見える。とは言っても、やはり門を叩くにはそれなりのエネルギーが要る。そのため、まずは相談機関の扉を開くこと自体が、クライエントの内界を開く第一歩につながるとも言えるであろう。もちろん、相談に行ってみようと決心する時点で、すでに内界に対して開かれ始めているからこそ、来談するという行動が生じたとも言える。どちらが先で、どちらが後ということではない。

ある中年の男性、仮にAさんとする。守秘義務があるので、もちろん特定の人物の具体的な内容を書くことはできない。最大公約数的な要素を描くことで心の真実が伝えられたらと思う。

これまで当たり前のように、ある程度満足しながらやってきた仕事が、ある時期から何となく緊張してうまくできなくなったという。詳しくお聞きするも、きっかけらしきことは一応あるにはあるのだが、混乱されていることもあって経過についての話も要領を得ない。本人も首を傾げるだけで、これからに対しての不安とも相まって途方に暮れておられる。いったい何が起こっているのか。これは上述した『最後の扉を閉めて』のウォルターの心の内からの呼びかけに喩えてもよいかもしれない。いろいろ考えてみてもよくわからないけれど、自分を脅かす何かが呼びかけている、としか言いようのない状態である。

Aさんは、今は休職中で、一日中家におられるというので「どんな風に過ごされているのですか？」と尋ねてみると、ずっと閉じこもっていたけれど、最近近所の公園を散歩するようになったとのこと。初めは「いや、別に、することもないから散歩してるだけで、特に何も……」とおっしゃるだけだ。それでも、「へー、どんなところなのですか?」など、私自身が情景をイメージしたり、そこにおられるAさんの姿を想像したりしながら耳を傾けていると、「関係ないんですけどね……」などと前置きしながら、「鳥がね、いろんな種類の鳥がね、わりと集まって来るところなんです。でも、僕は、鳥とか、別に、特にバードウオッチングとかするわけじゃないんですけどね……こっち側がね、ちょっと小高くなってて、こちら側はね、ずっと芝生で……木がずっとあって……えっと、落葉樹なんで、今は、葉っぱは一枚もないんですけどね。ちょっと前までは、すごく綺麗に紅葉していたんですけどね……今はもうない……」などと、ジェスチャーを交えて少しずつ話し始められる。いわゆる「内的な話」だとか、心の中の「深い話」をされているというわけではない。情景を思い浮かべながら、ボソボソと散歩中に見る鳥の話、木々の話をされているだけである。夢を見られるか尋ねてみるも、「いやー見ないですね」ということで1回目の面接は終わった。

次、2回目の面接に来るなり「先生、この間、夢見ないって言いましたけど、……見たんです」と話し始められる。このようなことはしばしば起こる。夢はその人のイメージの宝庫である。Aさんの中で、心の中の何か別の次元が開いたのであろうか。日常の中の、例えば公園の情景についての話であっても、聞いているセラピスト側がイメージを拡げながら、想像し、一緒に中に入って体験するような姿勢で聞いていると、クライエントの心の中の深い層で何か動きが生じ、クライエントの中の、これまでとは異なる層で「何か」が語り始めることがある。Aさんのように、夢を見始めるという場合もあれば、ふと昔感動した本のことを思い出して読んでみられるとかというような場合もある。昔のアルバムを開いてみたとか、通っていた幼稚園の近くに行ってみたとか、内容はさまざまである。もちろん、数回の面接、あるいは何ヶ月かの面接を経てから、このようなことが起こることもある。いずれにしても、時間的、空間的に視野が広まり、これまでとは異なる心の層が開くのである。

このAさんの場合、鳥の話をしながらしばし沈黙があり、唐突に「こっち側がね……」と、丘陵について、少し上から見た視点で景色を描写された。バードウォッチングというのは、距離を取って鳥を見る人間の視点である。ところが、丘陵についての話は、少し上方からの「鳥の目」の、動きのある視点である。そして再び視点は地上に降り、木々を見る。このような語りには、視点の動きが見られる。Aさんは、秋から冬への季節――時間――の流れを、思い出しじっくりと体感されていたようだ。イメージが動き始めるとでも言おうか。秋が深まり、この間まで綺麗に紅葉していた葉っぱが落ちてしまったという時間の流れに、初老期を迎えつつある自らを重ねておられるようにも見受けられた。木がただの木、鳥がただの鳥にとどまらず、それらを起点にイメージが拡がり、まったく別のものと重なり、つながる。このような例から、日常の話だからと言っても必ずしも「浅い話」「外的な話」しかしていないというのではないということがよくわかる。一見他愛もない日常の話をしながらも、心の深いところで何かが動き始めているということもあるのだ。要は聞き手がどのように聞くかである。

心理面接の中で、我々はクライエントに絵を描くことを勧めることもあるが、このような無意識の世界への「開け」「開かれ」が生じつつあるのを、クライエントたちが描く絵からも知ることができる。あるクライエントは風景の絵を描くのに、随分迷った挙句、家や人々のいる世界から山の中に入って行くという一本の細い道を描いた。日常の世界から、山の中に分け入って行く道である。日本では、山は、古来より神々が宿り、先祖の魂が住まう地である。この道は、非日常、あるいは無意識の世界への道として捉えることができる。しかも歩いてしか入れないような細い一本の道である。これからそこに入って行こうということなのだろうか。

また別のクライエントは山から鹿が出てくる風景を描かれた。初めは自分がそんな絵を描くことなど思いもよらなかったが、描いているうちに何となく鹿を描きたくなったとのことだった。古来より神の使いとされる鹿が、山から出てきたのだ。諏訪（1998）は、『古事記』や『日本書紀』の記録から、鹿が土地の精霊であると見なされていたとも指摘している（p.116）。クライエントの心の奥底から何かがこちらの世界に出てき始めたのだろうか。日常の世界を「こちらの世界」とするならば、山の中に象徴される世界のことを「向こうの世界」と呼ぶことができる。「向こうの世界」が開き、「向こうの世界」に開かれたとも言えるであろう。描かれた絵をじっと眺めていると、さまざまな連想が浮かぶ。

Ⅳ　初めての物語としての『風の歌を聴け』

『風の歌を聴け』（1979b）、それに続く『１９７３年のピンボール』（1980a）、そして、喫茶店経営をやめて「フルタイムの専業作家」（『自作を語る』①p.Ⅷの本人の表現）になって初めて書かれた『羊をめぐる冒険』（1982）は、まとめて初期の三部作と呼ばれることが多いが、作品の持つ意味という観点からは、それぞれ異なる。二、三作目について、村上は次のように述べている。

［『１９７３年のピンボール』は］書きたくて書きたくて仕方なかったし、『風の歌を聴け』の時とは違って、淀みなくすらすら書けたと思う。……自発的なストーリーが僕の頭を支配するようになった。小説が自立し、ひとりで歩み始めるようになった。何をすればいいのかは、僕にはもうわかっていた。……小説自体の力というものが、固い殻を破って顔を出し始めていた。そこにははっきりとした手応えのようなものがあった。（『自作を語る』①pp.Ⅶ–Ⅷ）

『１９７３年のピンボール』を書くことを通して、村上が目指していた「スポンテイニアスな物語」が動き始める感触を実感したのであろう。

『羊をめぐる冒険』を書き終えて僕がいちばん嬉しかったのは、自分がこれから先小説家としてやっていけるだろうという自信が持てたことだった。これは頭の中でこねまわす理屈ではなくて、両手ではっきりと感じることのできるフィジカルな手応えである。（『自作を語る』② p.VII）

一、二、三作と、村上は段階的に自身の創作の方法論を探り、二作目で感じた手応えが、三作目ではより確かなものとなり、小説家としてやっていけると確信したのであろう。「フィジカルな手応え」という表現は興味深い。確信は、単に頭で考えられたものではなく、身体的なもの、体を通しての実感だったのである。村上は、自分自身の体の感覚を大切にしながら――あるいは体に開かれながらといった方がよいかもしれない――創作をするが、これは後に、走ることを通してさらに研ぎ澄まされることになる。いずれにせよ、彼にとって、この作品を機に、書くことを生業とする作家としての人生が本格的に始まった。

ところで、すでに述べたように、村上は、初期の二作については、「習作の域を出ていない作品だとは思う」（『自作を語る』① p.VII）と述べている。本人がストーリーはないとする『風の歌を聴け』に対して、二作目は、「幻のピンボール・マシーン」という対象と、主人公の「僕」がそれを探し求めて旅をするというストラクチャとが明確になったと言う（村上 1991b, p.40）。ここで明らかになった「探す」というテーマは、後の作品の中でも主要なテーマの一つとなっており、

『１９７３年のピンボール』は、ちょうど一作目と三作目の間の橋渡し的な意味を持ったと考えられる。

初期二作品は、すでに述べたように、それぞれ英語を学ぶ日本の学生向けにアルフレッド・バーンバウムによって英訳されたものが日本国内では出版されているものの、海外での刊行は、本人が長年認めなかった。この点について、青山（1996）は、１９９１年に発行された雑誌『Mインク』に掲載された、村上の長いインタビューの中の、次のような記事の一節を紹介している。

「残念なことに、『羊をめぐる冒険』に先立つ2冊を、ムラカミは、未熟な作なのでここで出版するほどのものではない、と考えている。（……）ムラカミはその2冊を忘れてしまいたいのだ。……」（ダニエル・マックス）（青山 1996, p.89）

都甲（2007）は、最初の二作品が、アメリカを含めた英語圏で出版されていないだけではなく、存在さえほとんど知られていない状況を「意識的な著作の抹殺」（p.119）と捉えている。平野（2011）は、一応「もし都甲氏の指摘が正しいと仮定して」（p.50）と但し書きをつけながらも、「……春樹が、『風の歌を聴け』と『１９７３年のピンボール』に対して何らかの否定的な感情を抱いているとしたら、そこにはともに芥川賞候補作とされながら二度とも落選した苦い経験が影を落としているのではないだろうか」（p.50）と推察している。そうだろうか。私にはそのようには思えない。ことさら、村上を美化するつもりはないが、彼は、そのようなスタンスで物語を書いているのではないと思う。村上にとって、特に、『風の歌を聴け』は、「村上春樹」という一つの個が、初めて世界を開くいわば創造の物語としての意味を持っているのではないだろうか。本章冒頭で述べたように、初めての物語には基層にある根源的なイメージが立ち顕われやすい。だからこそ、彼は、長年海外での出版を認めていなかったのではないか。私の考えを述べてみたい。

村上（1997/2004）は、作家の処女作の持つ特殊性について「最初は『活字になったらもうけもの』という感じで、余計なことはなにも考えずにただひたすら持ち札を並べて書くから、そこには一回性の捨て身の潔《いさぎよ》さみたいなものが漂うことが多いのです」（p.98）と述べている。また、既に取り上げたが、自分自身の処女作について、インタビュー（村上 1985c）で次のように語っている。

……小説としては最初のものだし、下手だと思うし、今読み返すと面映いという感じはあるんですが、にもかかわらず……僕が書きたかったスタイルとか、方向とか、ストラクチュアなんかはここにだいたい提示されているんですね。処女作というのは原理的にそういうものなのかもしれないけれど……

それから僕がこの小説についていちばんよく覚えているのは、自分の言いたいことをチャプター1という最初の数ページの中に殆んど全部書いちゃったということなんです。（p.38）

すでに述べたように、物語は1から40までの断章から成っている。40章とは言っても、実際は、一つの章の中でも、途中で「☆」（『全作品』では「＊」）を挟んで話題が変わったり、行間を一行分空けたりして、場面が飛んだりする箇所も随所に見られる。初めての物語の、初めての章――「チャプター1」――に言いたいことを殆んどすべて書き、それ以降は、自分自身の中を、慎重に「書きたいもの」「書くべきもの」を求めて、探っているように見える。最初の何ページかを英語で書いてみたり、自分の文体を見つけるためにさまざまな試みを行っているが、これらは表現の方法を見つけるための「実験」である。

チャプター2は、「この話は1970年の8月8日に始まり、18日後、つまり同じ年の8月26日に終る」（p.12）という一文のみから成る。これは物語に時間的な制限を設けることで、自分の中を深く探る「実験」を安全に、かつやりやすくするための工夫であると考えられる。無意識の深みから内容物を拾い上げるには、イメージが拡がり、あふれ出ないように何らかの枠を作って守ることが不可欠である。村上（1985c）は書いた当時を振り返って、以下のように述べている。

何を書いていいかわからない。じゃあとにかく1970年というポイントに時代を設定して、とにかく好きに言葉を並べてみよう、それで何が表現できるか見てやろうということだったと

思うんです。(p.50)

これは、定点を定めて、そこからイメージを拡げていくというやり方である。これは、本人の言葉を借りれば、以下のような方法で行われる。

気に入ったフラグメントを貼りあわせ、頭の中でどんどん好きにイメージを膨らませ、それを文章に移し換えていった。(『自作を語る』② p.V)

これは、我々が夢を見て、起きてからそれを思い出しながら記録する時の体験とも重なる。[筆者注:夢に注目する心理療法家はクライエントの夢に注目すると同時に、自分自身の夢についても関心を持っている]。それは、目が覚めてから、拾い上げることのできる夢のイメージの断片をつなぎあわせて、文章として組み立てていく作業である。村上は「フラグメント」を探しに心の深みに入り、隅々を巡りながら拾ってきたものを、イメージを拡げながらつないでいったと思われる。イメージには、バラバラのものをつなぐ力がある。

例えば上記のAさんの例で言えば、本来秋の紅葉した木々は、木々以外の何ものでもない。しかも、通勤の時にいつも通っていた道、見慣れた何の変哲もない木々である。しかし、例えば、公園を散歩しながら四季折々の木々を夢想してみる。冬枯れの木々から、春には突然新芽が芽吹く。本当はずっと冬の間に準備しているのだが、そのように我々の目には映る。萌黄色の新芽、新しい命の芽生えに我々は心打たれたりする。そして、ふと、子どもが授かった時の感動を思い出したりすることがある。本来新芽と子どもには何のつながりもないのだが。どちらも新しい命ということで、両者はイメージの世界ではつながりうる。やがて初夏には青々とした葉っぱが茂り風に揺れる。暑い夏が過ぎ、少しずつ涼しい秋風が吹く頃になり、初冬を迎える頃になると葉っぱは赤や黄色に紅葉し、やがては一枚二枚と落葉し始める。Aさんのように、そこに初老期を迎える自分の人生を重ねる人がいても不思議ではない。

このような一連の流れを夢想していると、そう言えばあの頃こんなことがあったと、過去の記憶が蘇り、またそれが起点となって別の記憶が呼び覚まされたりすることがある。イメージの連鎖は、隔てられた時間、隔てられた空間をつなぐ。芽吹いた新芽が、授かった子どもの命とつながったり、落葉と加齢が重なって感じられたりするのである。

すでに創作の初期の段階から、村上は、覚醒したままで夢を見ている時の心の状態に入り、そこに顕われる「フラグメント」を拾ってつなぐ作業をしていたのである。そのやり方を、自分で見つけ出したと言った方がよいかもしれない。後に、村上の創作方法の本質をついた『夢を見るために毎朝僕は目覚めるのです』というタイトルのインタビュー集が出版されるが、彼がずっと一貫した姿勢で物語を書いてきたということがわかる。

ところで、このような作業を表層のレベルでやってしまうと、「フラグメント」は「私」と直接結びついた個人的で具体的な、頭で考えただけの内容のものになってしまい、それらを貼りあわせても陳腐で意識的な「私」の物語になるだけである。それゆえ、眠りは深くなければいけない。しかし一方で、しっかり覚醒していないと、せっかく深いところからイメージを拾い上げても、それを記述することができない。

意識の水準が低下し、日常の、物の見方の枠組みが緩んだ時に、初めて「視点」は、個人的、具体的なレベルから、より集合的、象徴的なレベルに移行し、物事の根源的な本質が浮き彫りになって見えてくる、と私は考える。このようにして書かれたものは、読み手側の「視点」、あるいは世界観のありようによって、読まれ方がまったく違ってくるので、作品の評価がまちまちになりやすいのも事実である。村上の作品を読み解こうとする書籍や文献が、巷に多数出まわっているのもこのためだと思われる。我々は、自分の見えるものしか見ることができないし、見ようとしない。つまるところ、自分が理解できる範囲でしか物事を見ることができないのである。

実際、村上のデビュー作に対しては、群像新人文学賞受賞に際しても、このようなものは小説としては認めないという雰囲気も強く、村上は「受賞後初めて講談社に行って局の偉い人に挨拶したときにも、『君の作品には相当問題があるけれど、まあ今後頑張りなさい』と言われた」（『自作を語る』① p.IV）と、当時のことを明かしている。もちろん一方で強く支持する人たちもいたから、今日の「村上春樹」があるわけだ。

次のような村上（1985c）の言葉は、彼のささやかな抵抗、いや、むしろ厳然たる真実を語っているようにも聞こえる。

作者に生きることに対する確固とした姿勢があって、物事を切りとる確かな視点があれば、その人がどのような種類の虚構を描いてもリアリティーというのは必ず滲みでてくるものだということですね。逆に言えば「文体」を真似ることは比較的簡単だけれど、「視点」を真似るのは至難の業なんです。（p.47）

「視点」は、その人の生き方、つまりその人の存在としてのありようそのものを示すものであるからだ、と私は思う。また、村上（1985c）はインタビューの中で、次のように述べている。

『風……』という小説が小説としてある程度有効的に成立しているとすれば、それはその時点で書けることと書けないこと、書くべきことと書くべきじゃないことを本能的に選別したせいだと思うんです。……たとえば家族の問題や名前の問題といった普通の小説に普通に出てくるファクターがここでは省かれていますよね。（p.42）

……僕は自分の体験のようなものを直接的に書くというのは極端に嫌いなんです。（p.43）

村上春樹は、自分にルールを課している。その中の一つは、生々しい個人的なものは書かないということである。当時の作品の登場人物には名前がない。名前がないから、区別するためにわかりやすい特徴が必要になる。そこで村上はその人物の特徴を詳細に記述する。これは、名前をつけることで、初めからそこに明確な一個の「自我」（と皆が思い込んでいるもの）が存在することを、安易に示してしまわないためではないだろうか。登場人物たちの、外的な差異だけを詳細に記述し、内面的なものは読み手それぞれの読みに委ねているとも言えるのだろう。どうやらこの辺りにまず村上の創作の秘密がありそうだ。

これは僕の基本的な文章観なんですけれど、人間の存在自体が既に自動的にそういうドロドロしたものを含んでいると思うんです。だからそれをあえて直接書く必要はない。それは共通項なわけですから。それより逆にそれとはまったく無縁のものを正確に書いていれば、そのようなドロドロとした自我のたまりのようなものはもっと違う形で——つまり自分の意識しなかった形でということですが——表出してくるはずのものだと思うんです。（村上 1985c, pp.45–46）

このような村上の言葉は、私の上述の考えを裏づけているように思うのだが、いかがであろうか。

村上は『風の歌を聴け』について次のように述べている。

『風……』は固定されたものではなくて、流動的なもののひとつの原型だし、僕にとっての入口です。（村上 1985c, p.43）

村上は、『風の歌を聴け』の創作を通して自らの中から見出した物語の可能性の原型を大切に持ち続けながら、その後40年書き続けて来た。流動的だからこそ、長く生き続けている。一つの具体的な形に固定されることなく、常に生成の状態を保ち続けているからである。それは風のようでもあり、井戸から湧き出る水のようでもある。村上春樹のすべては、初めての物語『風の歌を聴け』の中にある、と言っても過言ではないであろう。

第3章 デレク・ハートフィールドの世界

Ⅰ　デレク・ハートフィールドの在・不在をめぐって

デレク・ハートフィールドと出会ってしまった、つまり自分自身の中に彼の世界を見てしまった村上春樹は、自らの救済のために創作活動を始めることになった、と序章で述べた。デレク・ハートフィールドこそが村上春樹の創作の原点である、と私は考えている。デレク・ハートフィールドとはいったい何者なのか。デレク・ハートフィールドの世界とはどのようなものなのか。第3章では、デレク・ハートフィールドとその世界観について、そして村上の創作の意味について探る。

デレク・ハートフィールドとは、『風の歌を聴け』の中に登場する架空のアメリカ人作家である。

あるいは、「僕」が語る40の断章からなる物語の中に、彼にまつわる逸話が唐突に挟まれているといった方が適切かもしれない。

チャプター1で彼は、不毛な作家として、しかし同時に非凡な作家として紹介されるが、悲惨な自死を遂げる。チャプター2以降、「僕」と「鼠」と女の子たちの物語が断片的にチャプター31まで語られた後、チャプター32で再び唐突に彼は取り上げられている。そこにはデレク・ハートフィールドの作とされる「火星の井戸」という短編小説が紹介されている。そして最終章、チャプター40で、再び彼についての語りがある。さらに「ハートフィールド、再び……（あとがきにかえて）」とあり、高校生の頃、神戸の古本屋で村上がハートフィールドのペーパーバックと出会い、後日アメリカに渡り彼の墓を訪ねる旅をした話。そして「最後になってしまったが、ハートフィールドの記事に関しては前述したマックリュア氏の労作『不妊の星々の伝説』（Thomas McClure; The Legend of the Sterile Stars: 1968）から幾つか引用させていただいた。感謝する。一九七九年五月　村上春樹」（文庫本 p.160）という謝辞で締めくくられている。ちなみに１９９０年に発行された全集に収録されている『風の歌を聴け』では、「ハートフィールド、再び……（あとがきにかえて）」の部分は削除されている。

『風の歌を聴け』の出版当初、ハートフィールドが実在する作家だと信じて疑わなかった読者たちが、彼の著作を読みたいと大学の図書館や書店を訪れて混乱が生じたとか、村上が影響を受けたアメリカの作家の誰某がハートフィールドのモデルになっているといった話題には事欠かなかったようだ。村上本人が、群像新人文学賞受賞直後のインタビュー（『週刊朝日』村上 1979a）の中で、ハートフィールドについて「あれは、でっちあげですよ」と答えたことで、「デレク・ハートフィールドは実在しない」と一応収まりがついた。また月刊『宝島』（村上 1983）のインタビューには、「（本当に書きたかったのはチャプター1だけだと述べた後）この文章は、今でも暗記するくらいよく憶えているし、それはホントに正直にかけたと思っている。それはホントに正直です。ハートフィールドの実在ウンヌンを除いてはね……」（p.61）という言及がある。当時、架空の作家のことを、「あとがき」にまで実在の人物であるかのごとく書いたとして問題となり、取材を受けるたびにこのように答えていたらしい。

『群像』の新人文学賞受賞と芥川賞落選に際しての選考委員の選評の中で、平野（2011）が引用している村上関係の選評を見る限りにおいては、デレク・ハートフィールドについて触れられているものはない。当時、その本当の意味は、誰もわからなかったのではないだろうか。ひょっとすると村上本人さえも。『世界の終りとハードボイルド・ワンダーランド』（1985b）、『ねじまき鳥クロニクル』（1994–1995）、『海辺のカフカ』（2002）などの物語が世に出て初めて、人々のハートフィールドに対する目が、表面的で興味本位的な視点から、少しずつその意味を見出そうとする方向に変わり始めたように見える。

村上自身の、自分の作品や創作について語る態度も、年月を経るに従って大きく変化している。

初期のインタビューにおいては、上述の受け答えからもわかるように、比較的素直に気楽に答えている。ところが1985年の『文學界』の特別インタビュー（「『物語』のための冒険」）あたりからは、慎重に言葉を選びながら語るようになっているという印象がある。

デビューからの10年間（1979年〜1988年）を振り返る「聞き書」（村上 1991b）の中で、「僕」と「鼠」の三部作（『風の歌を聴け』『1973年のピンボール』『羊をめぐる冒険』）を書いた後、「それで終りだと思ったし、その後、何していいか全然見当もつかなかったんですよ。……それで短編を書くこととエッセーを書くことに集中したんです。［略］……翻訳もやってたんですね。翻訳とエッセーと短編をずっと並行してやってたんです」（p.45）と述べている。村上にとって長編、短編、翻訳、エッセーは、それぞれ異なる意味合いを持っており、かなり意識的に使い分けて創作をする。おそらくその間に、頭でというよりは、体全体を通して自らの創作について考えていたのではないだろうか。専業作家になろうと決めた頃から、村上は日課として走るようになり、創作をしている時の体を通しての感覚も、より研ぎ澄まされつつあったであろうことが推察できる。また、村上自身、創作過程について語るインタビューも、自分の表現作品の一つとして意識するようになったのではないかと思われる。

確かに、デレク・ハートフィールドという人物は実在しない。それは事実である。しかし、「僕」を通して語られるハートフィールドの突飛な逸話や、彼が残した（ことになっている）意味深い言葉、また彼が書いた（ということになっている）奇妙な短編「火星の井戸」は存在する。これらはいったい誰の逸話であり、誰の言葉であり、誰の短編なのだろうか、という思いが湧き上って来る。ハートフィールドが実在する作家だと疑うことなく読み進めていた読者にとって、彼は実在しないとわかった時、一杯食わされたという思いを持ったかもしれない。しかし、時間が経つにつれて、かえって我々の中に強烈な存在感を放つ。逆説的ではあるが、逸話も言葉も短編も、実在しないハートフィールドから生まれたものであることによって、よりリアリティを持つように思われる。

村上春樹は、ハートフィールドの口を通して本当に自分が伝えたい真実を語ったのではないだろうか。エルサレム賞受賞の際の挨拶（村上 初出 2009/2011a『村上春樹 雑文集』所収）の冒頭で、村上は「一人の小説家として、ここエルサレム市にやって参りました。言い換えるなら、上手な嘘をつくことを職業とするものとして、ということであります」（p.75）と述べている。

嘘は、時として、本人の意図を超えて真実を語ることがある。なぜなら嘘と真は、表裏一体なのだから。注意して見ていると、日常の中でも、何気なく言ったつもりのちょっとした嘘や、ふと思いついて言ったことが、後になって重い意味を持つことがあるのに気づいてゾッとすることがある。古来日本では「言霊」を恐れてきた所以もこの辺りにあるのではないだろうか。村上自身、時間を経るにつれて、自分の中の「遊び心」の自発性に任せてでっちあげて書いたつもりだったデレク・ハートフィールドの持つ意味を、より実感を持って自覚し始めていたのかもしれない。

村上の物語には、失踪、死などさまざまな種類の喪失が多く描かれている。上記の『文學界』の特別インタビュー（『物語』のための冒険」）で、聞き手の文芸評論家の川本三郎から『風の歌を聴け』では多くの人が亡くなっているという指摘を受けて、「［僕は］失われたものに対する共感＝シンパシーは非常に強い。……この現実の状況というのは、僕にとっては仮りのものなんです。絶対的な状況じゃない。少し位相がずれたところに、今の状況とネガとポジの関係になった逆の状況が存在してもおかしくはないということです」（村上 1985c, p.68）と述べている。また本人が、「僕の物の見方とか捉え方の基本にはいつも〈存在〉と〈不在〉を対照させていくようなところがあって、それが並列的に並んだパラレル・ワールドに結びついていく傾向があると思うんです。つまり〈存在〉の物語と同時的に〈不在〉の物語が進行していくという感じですね」（村上 1985c, p.74）と述べているように、村上春樹にとって、「在・不在」は中核的なテーマの一つである。

「不在」なようで本当は「在」である。いや、むしろ「在」であるように見えていながら、実は「不在」であるといった方がよいかもしれない。我々が存在していると思っているものも、実はそう思い込んでいるだけで本当は存在していない（「不在」）のかもしれない。それほど「在」と「不在」の境界は危うく、曖昧で、いつでも反転しうるものであるとも言えるであろう。つまり我々が絶対だと思っているこの世界が、実はそれほど絶対的なものではないということでもあるのではないだろうか。「実」と「虚」はいつでも入れ替わりうると言ってもよいかもしれない。

村上は、現実と非現実との間の境界を超えることにそれほど違和感を持たない『雨月物語』の魅力について繰り返し語っているが、そこに日本人のメンタリティの特徴を見出しているのは興味深い（村上 初出 2003/2012c）。ハートフィールドは、通常の二律背反的な発想を超えた存在であり、身を以て、在・不在をめぐる問題の本質を体現している、と私は考える。第一作目『風の歌を聴け』のチャプター1の中に、ハートフィールドを介して、すでにこのテーマが提示されているのである。

ところでハートフィールドについての「あれは、でっちあげですよ」という村上の表現も興味深い。「でっちあげ」は漢字で書くと「捏ち上げ」である。「捏」は「捏《こ》ねる」と読む。この漢字は「手」＋「日（臼）＋土」から成っており、臼の中にある土を捏ねるという意味がある。村上という「臼」の中で、形を持たない「土」を捏ねるうちに形となって顕われたのが、デレク・ハートフィールドだったのである。「土」とはこれまで村上の中に蓄積されてきたマテリアル、つまり記憶であり、イメージである。もちろんそこには、村上が前の世代から受け継いだ「記憶の遺産」（村上 初出 1997/2012, p.12）も含まれる。次にデレク・ハートフィールドの世界を掘り下げてみたい。

Ⅱ デレク・ハートフィールドの世界

1 「三」の世界

すでに述べたように、『風の歌を聴け』の中で、ハートフィールドの話題が直接出て来るのは、チャプター1、32、40および「あとがき」、間接的に触れられているのはチャプター19である。

チャプター1。20代最後の年、「今、僕は語ろうと思う」という、独白のような、宣言のような「僕」の語りの後に＊（文庫本では☆印）が記され、行間が空けられ、デレク・ハートフィールドが突然登場する。

僕は文章についての多くをデレク・ハートフィールドに学んだ。殆んど全部、というべきかもしれない。不幸なことにハートフィールド自身は全ての意味で不毛な作家であった。読めばわかる。……しかしそれにもかかわらず、彼は文章を武器として闘うことができる数少ない非凡な作家の一人でもあった。……ただ残念なことに彼ハートフィールドには最後まで自分の闘う相手の姿を明確に捉えることはできなかった。結局のところ、不毛であるということはそういったものなのだ。

8年と2カ月、彼はその不毛な闘いを続けそして死んだ。1938年6月のある晴れた日曜日の朝、右手にヒットラーの肖像画を抱え、左手に傘をさしたままエンパイア・ステート・ビルの屋上から飛び下りたのだ。彼が生きていたことと同様、死んだこともたいした話題にはならなかった。（1979/1990 pp.8–9）

まず「僕」はハートフィールドから大きな影響を受けたことがわかる。この後も「僕」の語りは続く。絶版になったままのハートフィールドの最初の一冊を手に入れたのは中学三年生の夏休み。

「僕」は股の間にひどい皮膚病を抱えていた。その本をくれた叔父は、三年後に腸の癌を患い、体中をずたずたに切り裂かれ、体の「入口」と「出口」にプラスティックのパイプを詰め込まれたまま亡くなる。「僕」には三人の叔父がいた……と続く（傍点、「」は筆者）。

村上の物語には、多くの数字が出て来る。この点について、上記のインタビュー（『「物語」のための冒険』1985c）の中で川本に尋ねられ、村上は「結局、無意味な数字が多いんですけれど、数字があると、自分がどこかに結びついているような気がするんです。言葉が飛んでいかないで、どこかに結びついているような気がする」（p.51）と答え、固有名詞に関しても同様だと述べている。数字や固有名詞は、記述に具体性と現実味を付与する。漠然と～が起こったというより、○○というところで○年○月○日○時○分、～が起こったという方が、はるかに現実味を帯び、その事象が、具体的に現実世界と結びついたものとして伝わってくる。

数字のこだわりについて、川本は「村上さんの小説で細かい数字にこだわる所なんかは完全に遊びですね」（p.51）とコメントしている。ここで、川本がどのくらい意識して「遊び」という言葉を使ったのかはわからないが、興味深い。真面目に頭で考えられたものから生まれるものについては、我々はある程度予測ができるし、そんなものは高が知れていると言えば知れている。しかし、自由度の高い「遊び」は、何か創造的なものを生み出す可能性を孕んでいる。村上が「遊び」で「三」を繰り返したとするならば、「遊び」が開く意味の深さに、私はあらためて驚きを覚える。繰り返される「三」には意味がある、と私は考える。しかも、村上が意図したものではないのであれば余計に興味深い。すでに述べたように、ハートフィールドが存在するのは「在か不在か」という「二」の世界ではなく、それを超えた「三」の世界なのである。それゆえ、例えば、僕が「中学二年生」だったり、叔父が「一人」しかいなかったりすると、物語の深い層で響き合うものの質が自ずと違ったものになってしまう。ここは、「中学三年生」、「三年後」「三人の叔父」でなくてはならないのだ。読者たちは、知らず知らずのうちに、「二」の世界に留まるのではなく、「二」の間の境界からその奥に潜む「三」の世界に誘われるのである。そしてそこはまさしくデレク・ハートフィールドの世界に外ならない。

「二」の世界、「三」の世界とは何か。哲学的な論考も可能であろうが、理解を深めるための一つの手がかりとして、ある女性Bさんの心理療法の例を取り上げる（山 2003, Yama 2011）。もちろんこれも事実をそのまま記すわけにはいかないので、その点は断っておく。

ある女性Bさんは中学卒業と同時に単身で都会に出て働き、結婚された。ずっと専業主婦だったが、ある時たまたま友人に誘われて仕事を始められ、その直後調子を崩された。「不安で外出できない」と来談された。毎回の面接は「外に出られません」から始まり、「自分の足で立てない」という訴えが続くだけだった。ところが、ある日、このように言った後、しばらくして、「この間～に行った時……」などと外出した話をされることがあった。最初は「アレッ？」と思ったが、それでも黙って耳を傾けていると、いろいろな話をされるようになった。

夢について、「ここに来る前は目が開かなくなる夢を繰り返し見ていたけれど、面接が始まって見なくなった」と言われた。私はこれを聞いて、Bさんがこれまで目をつぶって見ないようにして来られたことを、今ようやく目を開けて見始められたということではないか、と感じた。しかし、一つの見方に決めてしまうことで、せっかく動き始めたBさんのイメージの流れを損ないたくないという思いから、彼女には何も言わなかった。その後のBさんの夢には、故郷での子どもの頃のことが繰り返し出てきた。もともとBさんには子どもの頃の記憶はほとんどなかったが、夢に触発されるかのように、すっかり忘れていた昔のことを次々と思い出し話された。話は、しばしば脈絡なくあちこちに飛び、時間も前後した。土地の不思議な言い伝えや迷信のような話もあった。私にはまったく馴染みのない土地の出来事であったにもかかわらず、鮮やかに情景が浮かび上がり、何とも言えず切ない思いを抱きながら聞いていた。

母親は、Bさんがまだ幼少の時期に亡くなっておられた。面接開始当初は、これまでのことを淡々とまるで他人事のように話されていたが、母親や故郷の夢が報告されるにつれて、当時の寂しさや、悲しさが涙混じりに語られるようになった。私は、これまでできていなかった心の中での弔いの仕事をするために心理面接に来られたのだと感じた。

境遇に急かされるようにして家から出、経済的にも心理的にも自立――文字通り自分の足で立つこと――を余儀なくされたBさんを思うと、「家から出られない」、「自分の足で立てない」という訴えを、単に家から出られるか出られないか、あるいは自分の足で立てるか立てないか、といった二分法の発想で理解していたのでは、Bさんの訴えの本質からは離れてしまうのではないか。「家から出る」とは、象徴的には「守られた空間から外に出る」ことであり、幼い子どもにとっては「母親の懐から出る」ことを意味すると言ってもよいだろう。人生において、我々は何段階もの「家から出る」体験を繰り返し、自立していくことになるのだが、前提として、そのための心理的な準備が整っていることが必要である。Bさんの場合、自らの意志で「家から出る」というよりは、「家から出される」「自分の足で立たざるをえない」という選択の余地のないものだったと思われる。とりわけ、幼くして死によって母親から引き離された体験は、Bさんにとってあまりにも理不尽なものだったと思われる。そのために、本来当然感じるはずの悲しみを感じないようにすることで、今日まで生きて来られたのであろう。「喪失体験に際して喪の仕事が十分になされていない」と言えばもっともらしく聞こえるが、その悲しみや痛みは察してもあまりある。

このような背景を背負いながら、Bさんは、家から出ているのだけれど「家から出られない」、自分の足で立って歩いているのだけれど「自分の足で立てない」と繰り返し訴えられていたのではないだろうか。もし、私がBさんの訴えに対して矛盾を指摘していたらどうなったであろう。おそらく、上に述べたようなBさんの話——これはBさんの物語である——を聞かせていただくことはなかったのではないだろうか。家から「出られる」か「出られない」か、あるいは、自分の足で「立てる」か「立てない」か、という発想は、「Ａ」か「ｎｏｔ‐Ａ」の「二」の世界のものである。

もちろん、秩序ある世界においては「A」と「ｎｏｔ－A」とは両立しえず、その間には、両者を決定的に分かつ境界がある。しかしBさんが語られた物語は、このような二分法の視点に立っていたのでは分かりえない。「立っているけれど立てない」「家から出ているけれど、出られない」。両者の間の境界線が曖昧になり、そこから中に入り込み、さらに下降した視座からしか見えてこない、言うなれば、「三」の世界が開かれること、「二」の世界から「三」の世界へと下降することこそが大事なのではないか。Bさんの話を、何てことのないわけのわからない話と一笑に付すことは簡単だ。しかし、話を伺いながら、Bさんはこうして今日まで生きて来られたのだ、と強烈に感じ、圧倒される思いを持ったのは真実である。そして、この後Bさんの中で何かが変わったようだった。

今日我々は何でもすぐに「これか／あれか」で決着をつけようとしてはいないだろうか。例えば、学校で何か問題が起こると、まずいじめがあったか、なかったかが問われることが多い。そして学校はそのことを知っていたのか、知らなかったのか。これは白か黒かの「二」の世界の発想である。本当に重要なのはその背景で何が生じていたのか、なのだが、それは複雑で曖昧で、厄介な感情の絡む「三」の世界である。しかも外から見ていたのではなかなか見えず、自ら中に入って行く必要がある。それには時間がかかり、多大なエネルギーを要する。覚悟もいる。それを避けるかのように、人々はひたすら「二」の世界にしがみつこうとしているように見える。それはわかりやすいし、明確に説明がしやすく、議論にも一見強い。そして何より、考えたり、感じたりしなくて済む。しかしそのことが、今日新たに取り返しのつかない大きな傷を生み出しているように思われる。

2　生と死、そして循環《リヴォルヴ》と最終章

本文には、「8年と2カ月、彼はその不毛な闘いを続けそして死んだ」とある。三浦（2012）が指摘しているように、8年とは、今29歳の「僕」が小説を書こうと闘ってきた年月であり、ハートフィールド（Heartfield）、つまり「心《ハート》の場《フィールド》」という名を持つ作家は、「僕」、村上春樹とも重なる。しかし同時に、ハートフィールドとは一人の人間ではなく、そういう一つの「場《フィールド》」のことなのかもしれない。これはもちろん具体的な特定のこの場所ということではない。

１９０９年生まれのハートフィールドは、１９３８年、29歳の時、エンパイア・ステート・ビルから地上に飛び降りて自殺する。またしても29歳だ。途中チャプター19の冒頭は「話せば長いことだが、僕は21歳になる。まだ充分に若くはあるが、以前ほど若くはない。もしそれが気にいらなければ、日曜の朝にエンパイア・ステート・ビルの屋上から飛び下りる以外に手はない」（p.58）から始まる。そこには直接ハートフィールドの名は出て来ないが、『風の歌を聴け』の底流にはずっと彼が存在し続けているのがわかる。

チャプター40に再び彼の死について記されている。「……１９３８年に母が死んだ時、彼はニューヨークまででかけてエンパイア・ステート・ビルに上り、屋上から飛び下りて蛙のようにペシャンコになって死んだ」（p.120）と。ここではよりリアルな比喩を用いて、その死についての描写がシニカルな響きを持って繰り返されている。そして、この日は彼の母が亡くなった日であったことがわかる。ハートフィールドは、自らを殺すことによってしか、地上に下りる（着地する）、つまり現実世界とつながることができなかったというのか。象徴的に見るならば、これは、自らを殺すことで生きるという逆説的な意味を孕んだ出来事である。第2章で指摘したように、『風の歌を聴け』の重要なテーマの一つとして誕生日が挙げられることから考えると、ハートフィールドは死してようやく生まれることができたということなのだろうか。

母という存在を通してこの世に生を受けたハートフィールドは、彼女がこの世から去った日に自ら命を絶ち、母とともにこの世から去った。ここにも生と死の入れ替わり、つまり在と不在の入れ替わりがある。しかし、そもそも、実在しないハートフィールドが生まれて亡くなるとはどういうことか。我々はこの世に生まれ出て、ほんの束の間「こちらの世界」に存在し、再び「向こうの世界」に帰って行く。これは、どの宗教云々の難しい問題ではない。ただ、この世に入ることと、この世から出ていくという、「在」と「不在」の話である。即物的な問題にすぎない。そして、これは究極の真実だ。

上述の、物語の引用部分に「体の入口と出口」という表現がある（本書 p.83）。おそらく具体的には、前者は口、後者は肛門であろうが、体の外から内に入り、体の内を進み、腸を通り再び外に出るという、外と内の話である。これは、ほんの束の間「この世界」に入り、そこに存在し、再び出て行くという我々人間の定めとも重なる。しかしこのような考えに若くして達してしまうと、日々生きるのが難しくなる。不登校だとか、ひきこもりと言われる状態にいる人たちの中には、どこか心の深いところでこのような思いに囚われている人たちがいるように思う。学校に行くか／行かないか、家から出られるか／出られないのか、といったわかりやすい二分法の発想で対応していたのでは、本当の解決にはならないように思う。彼らの背後には、本人も意識していないかもしれないが、どこか実存的なテーマが潜んでいることを、現代社会に生きる我々は、少なくとも知っておく必要がある。

デレク・ハートフィールドの本と出会った中三の夏、「僕」が患っていたのは皮膚だった。皮膚とは、体の「内」と「外」の境界である。「内」は私であり、「外」は私ではない。「私」と「私ではないもの」を分ける目に見える境界が皮膚である。さらに「僕」は、股、つまり二本の脚の間を患っていたという。ここでも、「境界」、「間」のテーマが繰り返されており、「二」の世界を超えた「三」の領域が問題となっていると読むことができる。

そして最終のチャプター40は再びハートフィールドについての語りで締めくくられる。彼の生まれと育ち、父親のこと、母親のこと、高校を卒業後、郵便局に勤めた話。彼の五作目の短編が「ウエアード・テールズ」に売れたのは１９３０年、稿料が20ドル、月間7万語ずつ原稿を書きまくり、翌年そのペースは10万語に上り、死ぬ前年には15万語になっていた。……と、具体的な数字が並んでいる。初めて読んだ時、私は、月15万語ということは、週3万5000語、1日5000語……と、思わず計算してこんなに書けるものだろうかと考え込んでしまった。まことしやかな、村上の遊び、仕掛けである。「ウェアード・テールズ」とは Weird Tales（奇妙な物語）の意味だろうか。書名までがでっちあげられている。後にインタビュー「アウトサイダー」（村上 初出 1997/2012）の中で、「僕は weird story（奇妙な物語）を好んで書きます」（p.24）と述べているのは興味深い。ハートフィールドがまるで村上春樹の分身のようにも見えてくる。

ハートフィールドは多くのものを憎んだが、好んだものは三つ、銃と猫と母親の焼いたクッキーだったという。ここでも再び「三」という数字が繰り返される。

ハートフィールドは銃のコレクションを持っていた。「中でも彼の自慢の品は銃把に真珠の飾りをつけた38口径のリヴォルヴァーで……『俺はいつかこれで俺自身をリヴォルヴするのさ』というのが彼の口癖だった」（p.120）。リヴォルヴァー（Revolver）は回転式の銃であり、リヴォルヴ（revolve）とは、「循環する」ことである。ここで、「生」と「死」、「在」と「不在」が循環するイメージを思い浮かべるのは私だけだろうか。

3　ハートフィールド、再び……

全40チャプターが終わった後に、「ハートフィールド、再び……（あとがきにかえて）」［筆者注：

『全作品』にはこの部分はない」とあり、「僕」が高校生だった頃、神戸の古本屋で一冊50円のハートフィールドのペーパーバックを何冊かまとめて買った話が語られている。村上が神戸の高校に通っていたことを知っている読者にとってはとてもリアリティがある。その後★印があり、またもや行間が空き、アメリカに渡った「僕」がハートフィールドの墓参をするという後日談が語られる。

ニューヨークから墓のあるオハイオ州の小さな町まで乗ったバス、中での様子、墓参の様子……実に具体的に、詳細に、実際に体験したかのように記述されている。おそらく村上は、その場に居合わせているかのように想像しながら書いたのであろう。そして、「五月の柔らかな日ざしの下では、生も死も同じくらい安らかなように感じられた。僕は仰向けになって眼を閉じ、何時間も雲雀の唄を聴き続けた。この小説はそういった場所から始まった。そして何処に辿り着いたのかは僕にもわからない」(1979/2004 文庫本 p.159)とでっちあげのストーリーは続く。ここでも、「生」と「死」、「始まり」と「終わり」は、いつでも入れ替わりうることが暗示されている。ちなみにこの「ハートフィールド、再び……(あとがきにかえて)」は、2015年になってアメリカで出版された英語版にもない。

『風の歌を聴け』は、デレク・ハートフィールドの墓参から始まった。つまり、彼を葬り、弔うところから始まったのだ。とりあえずここでは、まずこの点を心に留めておきたい。

4　ハートフィールドの言葉

チャプター1には、ハートフィールドの著書「気分が良くて何が悪い？」（1936年）からの引用として、以下のような言葉がある。

> ハートフィールドが良い文章についてこんなふうに書いている。
> 「文章をかくという作業は、とりもなおさず自分と自分をとりまく事物との距離を確認することである。必要なものは感性ではなく、ものさしだ」（p.9）

「自分と自分をとりまく事物との距離を確認すること」、これはつまり、自分と事物との関係を確認することでもある。これは「僕」がハートフィールドから学んだ大切なことの一つと言えるであろう。

『村上春樹　雑文集』（2011b）中の一編に「自己とは何か（あるいはおいしい牡蠣《かき》フライの食べ方）」（初出2010/2011）というのがある。村上らしい一見奇妙なタイトルだが、これは、就職活動中の読者から、就職試験で、原稿用紙四枚で自分自身について説明しなさいという問題が出たが、とても原稿用紙四枚で自分自身を説明することなんてできなかった。もしそんな問題を出されたら、プロの作家として村上さんはどうするか、という質問を受けての回答に付けられたタイトルである。

自分自身について書くのは不可能であっても、……牡蠣フライについて書かれてみてはいかがでしょう。あなたが牡蠣フライについて書くことで、そこにはあなたと牡蠣フライとのあいだの相関関係や距離感が、自動的に表現されることになります。それはすなわち、突き詰めていけば、あなた自身について書くことでもあります。……（p.22）

何かについて徹底的に記述していくことは、すなわち自分自身を語ることにつながる。ハートフィールドの上記の文章と照らし合わせてみると、文章を書くという作業はつまるところは自己について何かを掘り下げることでもあるということなのか。確かにそのとおりだと思う。

企業の採用試験に際して、こんな風に考えている採用担当者がいたならば、何て素晴らしいことだろうか。大学の入学試験でも、「牡蠣フライ」について書いてもらうのもいいかもしれない。少なくとも受験の動機や卒業後何をしたいのか、杓子定規に尋ねて、パターン化された無難な返答を聞くよりも、はるかにその方がその人のことがわかるのではないだろうか。しかし、残念ながら、「牡蠣フライ」について書かれたものが、企業や大学側にどんな風に読まれるのかを想像すると、一気に気持ちが萎えてしまう。「ふざけるな、不採用」とか「何これ、不合格」となるのがオチではないか。

村上は、続けて、小説家とは何かについて、以下のように述べている。

> 小説家とは世界中の牡蠣フライについて、どこまでも詳細に書きつづける人間のことである。自分とは何ぞや？　そう思うまもなく……、僕らは牡蠣フライやメンチカツや海老コロッケについて文章を書き続ける。そしてそれらの事象・事物と自分自身とのあいだに存在する距離や方向を、データとして積み重ねていく。多くを観察し、わずかしか判断を下さない。それが僕の言う「仮説」のおおよその意味だ。そしてそれらの仮説が……発熱して、そうすることで物語というヴィークル（乗り物）が自然に動き始めるわけだ。（『村上春樹 雑文集』p.22–23）

村上が、独特のユーモアで「牡蠣フライやメンチカツや海老コロッケ」と書き並べているが、これは結局「世界の様々な事物や事象」について語ることにつながるのではないだろうか。

これは、小説家として、物語が動き始める様子を語っている言葉である。「本当の自分とは何か?」という問いに対して、「……僕は牡蠣フライというものを通して、うまくいけば僕自身を語りたいと思うのだ」（p.29）と村上は言う。そして、「判断」するのは読者であると。村上の言う「判断」とは、「仮説の集積を……自分の中にとりあえずインテイクし、自分のオーダーに従ってもう一度個人的にわかりやすいかたちに並べ替える。その作業はほとんどの場合、自動的に、ほぼ無意識のうちにおこなわれる」（p.19）ものであり、「個人的な並べ替え作業」のことである。このような作業にもさまざまなレベルのものがあるだろうが、場合によっては心の宇宙《コスモロジー》の組み替え作業になりうるかもしれない。

心理療法家として、私は思う。我々の元に来られるクライエントは、何らかの問題や症状を抱えて来られる。厄介な上司や同僚のこと、自分勝手な家族のこと、ここぞ、という時に限って起こる腹痛のこと、不眠のこと、生きる意味が見出せないこと、語られる話の内容はさまざまだが、ずっと聞いていると、それらを通して自分自身のことを語られているのが聞こえて来る。どんなに厄介な上司なのか、眠れないのがどれほど辛いのか、延々と語られることもある。そんな時、話が深まらないと嘆くセラピストもいるが、日常においては「牡蠣フライの話」で片づけられてしまうものを、ただの「牡蠣フライの話」として聞かないのがセラピストなのではないか。じっと耳を傾けていれば、「牡蠣フライ」というものを通して、クライエントが語る自分自身の物語を聞くことができるのではないか、と思う。そしてクライエントが、ものさしを持って事物との距離を確認する作業に同行するのが、セラピストの仕事とも言えるだろう。

上述の「牡蠣フライ」の一編が書かれたのは２００１年ということなので、『風の歌を聴け』からは、20年以上の年月が経っていることになるが、小説家としての村上のスタンスの基本はまったく変わっておらず、ブレがない。初めから、すべてはあった。村上は、それを、時間をかけてより洗練して語り続けているのである。

5　デレク・ハートフィールドの短編「火星の井戸」

チャプター32では、再び唐突にハートフィールドと彼の短編の紹介に1章が割かれている。その中の一文に「……ハートフィールドは皮肉や悪口や冗談や逆説にまぎらせて、ほんの少しだけ言葉短かに本音を披瀝している」(p.94) とある。これはまさに村上春樹のことではないか。次のようなハートフィールドの新聞記者とのやりとりの件は、彼を知る上で興味深い。

ある新聞記者がインタヴューの中でハートフィールドにこう訊ねた。

「あなたの本の主人公ウォルドは火星で二度死に、金星で一度死んだ。これは矛盾じゃないですか?」

ハートフィールドはこう言った。

「君は宇宙空間で時がどんな風に流れるのか知っているのかい?」

「いや」と記者は答えた。「でも、そんなことは誰にもわかりゃしませんよ」

「誰もが知っていることを小説に書いて、いったい何の意味がある?」(p.95)

まず、ここから読み取れるのは、少なくともハートフィールドが、「今・ここ (here and now)」の時間・空間では生きていないということだ。そして、ハートフィールドの価値観においては、わかっていることを書いた小説には何の意味もない、ということである。そして、通常の世界では矛盾と取られるような世界を彼は描くのである。死んだ者が生きているはずがないというのは「二」の世界——二分法——の発想だ。やはりハートフィールドはそんな世界には生きていない。そして村上春樹も。

第1章、第2章で述べたように、村上にとっては物語自体が自発的に語り始める生成の場であり、書き始める時には、全体の見取り図はない。つまり、自分自身さえも知らないことを、発見しながら書いていくのである。確かに、最初から、筋も結末もわかっているような小説は、読者にとって安心で安全ではあるかもしれないが、上述のような「個人的な並べ替え作業」をもたらすことはないだろう。このような作業は、創造的な仕事であり、本人は自覚せずとも——もちろん村上は十分に自覚をしているが——、危険を伴うものである。

教育においても同様のことが言えるのではないだろうか。教育者と呼ばれる人の中には、自分が知っていることを教えることを重んじ、自分が知っていることの枠から学ぶ者がはみ出ることを嫌う人たちがいる。いや、むしろ本当は不安なのだ、と私は思うが。そういう人に限って、「そんなことはない、自由に学んでほしい」と言ったりする。そのような人たちは、上述の新聞記者よろしく、学ぶ者の考えを「矛盾している」などと言ってその価値を認めず、自分にとって既知の安全な枠の中に押し込めようとする。もしそれを教育と呼ぶならば、そうした教育からは決して本当に創造的なものは生まれない、と私は思う。

心理療法もまた創造的な営みである。心理療法の過程で、クライエントやその周囲の人々は変わっていく。創造には新しいものの誕生があるとともに、それと引き換えに古いものの死がある。つまり象徴的に何かが亡くなり生まれ変わる必要がある。もちろんあくまでも象徴的に、である。関係精神分析家のブロンバーグ（Bromberg 2011/2014）は、患者と分析家は、安全と危険が共存する「安全だが安全過ぎない」（p.20）関係であることが重要であると述べている。教育にしろ、心理療法にしろ、創作にしろ、あらゆる創造的行為においては、安全と危険の共存が不可欠であり、両者の間の微妙なバランスこそが重要なのである。安全過ぎるものからは何も生まれない。危険がないようにと先回りしすぎると、何も新しいものは生まれない。それどころか石橋を叩きすぎて結局壊してしまうこともあるのではないだろうか。

もちろん作家においても同様であろう。その点、ハートフィールドは危険過ぎた。だから、もはや、死ぬしかなかったのであろう。デレク・ハートフィールドは真実を語りすぎていて危険なのだ。村上が長年『風の歌を聴け』の海外での出版を認めなかった所以もこのあたりにあるのではないか、と推測する。すでに述べたように、２０１５年に出版された英語版には、１９７９年の出版時にはあった「ハートフィールド、再び……（あとがきにかえて）」の部分は訳されていない。これは村上が、悪ふざけが過ぎたと反省したからなのか。いやそうではないだろう。

「もしデレク・ハートフィールドという作家に出会わなければ小説なんて書かなかったろう、とまで言うつもりはない。けれど、僕の進んだ道が今とはすっかり違ったものになっていたことも確かだと思う」（文庫本『風の歌を聴け』p.158）という村上の言葉は真実であろう。ハートフィールドに出会わなかったら、つまり自分の中のハートフィールドの存在に気づかなかったら、違う道を歩んでいただろうというのは、村上春樹の偽らざる本当の気持ちなのではないか。この正直な吐露が、『全作品』では省かれているのも意味のあることのように思える。

「僕」は、ハートフィールドを葬り、アメリカの小さな町にある彼の小さな墓を訪れる。そしてやっとその墓を捜し出した「僕」は、仰向けになって眼を閉じ、何時間も雲雀の唄を聴いた。「この小説はそういった場所から始まった。そして何処に辿り着いたのかは僕にもわからない」（文庫本 p.159）と村上は言う。これ以降、村上は「自己治療的な行為」（河合・村上 1996, p.66）として「安全だが安全過ぎない」ギリギリのところを、慎重に物語として表現することにしたのであろう。村上春樹の創作の歴史は、自己治癒、自らの救済の過程に外ならないと言ってもよいだろう。

さて、次に「ずっと昔に読んだっきり細かいところは忘れてしまったが、大まかな筋だけをここに記す」とあり、ハートフィールド作の短編「火星の井戸」のあらすじなるものが記されている。ここに、デレク・ハートフィールドの世界の真骨頂がある。これこそが村上春樹が見てしまった世界なのではないだろうか。

それは火星の地表に無数に掘られた底なしの井戸に潜った青年の話である。井戸は恐らく何万年の昔に火星人によって掘られたものであることは確かだったが、不思議なことにそれらは全部が全部、丁寧に水脈を外して掘られていた。いったい何のために彼らがそんなものを掘ったのかは誰にもわからなかった。実際のところ火星人はその井戸以外に何ひとつ残さなかった。

……

……何人かの冒険家や調査隊が井戸に潜った。ロープを携えたものたちはそのあまりの井戸の深さと横穴の長さ故に引き返さねばならなかったし、ロープを持たぬものは誰一人として戻らなかった。

ある日、宇宙を彷徨う一人の青年が井戸に潜った。彼は宇宙の広大さに倦み、人知れぬ死を望んでいたのだ。下に降りるにつれ、井戸は少しずつ心地よく感じられるようになり、奇妙な力が優しく彼の体を包み始めた。1キロメートルばかり下降してから彼は適当な横穴をみつけてそこに潜りこみ、その曲がりくねった道をあてもなくひたすらに歩き続けた。どれほどの時間歩いたのかはわからなかった。……空腹感や疲労感はまるでなかったし、先刻感じた不思議な力は依然として彼の体を包んでくれていた。

そしてある時、彼は突然日の光を感じた。横穴は別の井戸に結ばれていたのだ。彼は井戸をよじのぼり、再び地上に出た。彼は井戸の縁に腰を下ろし、何ひとつ遮るもののない荒野を眺め、そして太陽を眺めた。何かが違っていた。風の匂い、太陽……太陽は中空にありながら、まるで夕陽のようにオレンジ色の巨大な塊りと化していたのだ。

「あと25万年で太陽は爆発するよ。パチン……ＯＦＦさ。25万年。たいした時間じゃないがね」

風が彼に向ってそう囁いた。

「私のことは気にしなくていい。ただの風さ。もし君がそう呼びたければ火星人と呼んでもいい。悪い響きじゃないよ。もっとも、言葉なんて私には意味はないがね」

「でも、しゃべってる」

「私が？　しゃべってるのは君さ。私は君の心にヒントを与えているだけだよ」

「太陽はどうしたんだ、一体？」

「年老いたんだ。死にかけてる。私にも君にもどうしようもないさ」

「何故急に……？」

「急にじゃないよ。君が井戸を抜ける間に約15億年という歳月が流れた。君たちの諺にあるように、光陰矢の如しさ。君の抜けてきた井戸は時の歪みに沿って掘られているんだ。つまり我々は時の間を彷徨っているわけさ。宇宙の創生から死までをね。だから我々には生もなければ死もない。風だ」

「ひとつ質問していいかい？」

「喜んで」

「君は何を学んだ?」

大気が微かに揺れ、風が笑った。そして再び永遠の静寂が火星の地表を被った。若者はポケットから拳銃を取り出し、銃口をこめかみにつけ、そっと引き金を引いた。(pp.96–97)

無数に掘られた、決して水脈に辿り着くことのない底なしの井戸は、決して水をもたらすことはない。あまりの深さ、あまりの横穴の長さに井戸に潜ってみた人々も引き返した。井戸に潜り、曲がりくねった道を歩く青年は、井戸の底に潜った『ねじまき鳥クロニクル』(1994–1995)の「僕」、岡田亨の姿と重なる。そして、高齢者養護施設の一室の穴から地底に降り、暗闇の中を歩く、『騎士団長殺し』(2017a)の中の一人称の語り手「私」の姿とも重なる。そこで出会った顔のない男は「私」に「わたしの役目はおまえを向こう岸に渡してあげることだ。無と有の狭間を、おまえにすり抜けさせるのが仕事だ」(『騎士団長殺し 第2部』p.359)と言う。ここでの「無と有の狭間」とは、「不在」と「在」の間、つまりハートフィールドを通して村上が描いた世界である。『騎士団長殺し』の「私」はそこをすり抜けて、無事に元のこちらの世界に戻ることができたのである。

しかし、その後、「私」は顔のない男に肖像画を描くことを求められるも、戸惑い、描けぬうちに、その男は「いつか再び、おまえのもとを訪れよう。そのときにはおまえにも、わたしの姿を描けるようになっているかもしれない」(『騎士団長殺し 第1部』p.11) という言葉を残して去っていく。『騎士団長殺し』は(本著を執筆している現時点で) 第1部、第2部が出版されているが、この後続編があるのかはわからない。顔を持たない人の肖像を描く、つまり「ただの無」(第1部 p.11) を描くということである。それはただの「無」とは言うものの、東洋思想における「無」——これは決して何もないということではない——のことも頭をよぎる。1979年に始まった村上春樹の在と不在のテーマは、2017年(『騎士団長殺し』が出版された年)、いよいよ最難関の最終段階まで来たのかもしれない。

村上春樹の『騎士団長殺し』よりもデレク・ハートフィールドの「火星の井戸」の方が、荒削りではあるが、スケールという点では圧倒的に大きい。何と言っても「火星の井戸」は宇宙レベルの話である。火(火星)、土、水、風は宇宙を構成する四大元素であり、この物語はそのレベルの視野を持って語られている。四大元素のうちの「水」にどうしても辿り着くことができないという、「四」のうち「一」を欠いた物語なのである。

人間は、本当に宇宙の広大さに気づいてしまったら、生きていくのが難しくなるのではないか。しかも、ハートフィールドの描いた(とされる) 世界は閉じていない。つまりそれは、どこまでいっても閉じることのない、際限のない世界なのである。

「個」が「個」として生きていくには、閉じている(と我々が思い込んでいる) 世界の中で、何か

――お金とか名誉でもよい――にしがみつくなり、何か――ブランドとか他人から見れば理解に苦しむ信条のようなものでも可能だ――にこだわるなりして、自分をこの世界につなぎとめておかねばならない。そのための留め金が必要なのである。それがなくなった時、人は、この主人公の青年のように「宇宙の広大さに倦み、人知れず死を望むしかない」のかもしれない。

心理療法において、実存的な問題に苦しむクライエント、あるいは精神病レベルのクライエントが、現実的、具体的な何かにこだわられるとホッとすることがある。それは現実の世界につなぎとめる留め金になりうるからである。

『ねじまき鳥クロニクル』の「僕」――それは村上春樹でもあるのだが――が、「壁抜け」に成功したところで、彼の心の仕事の一段階が達成されたと言えるであろう。それは河合隼雄との対話の中で「デタッチメント（detachment）からコミットメント（commitment）へ」として捉えられている。何かにコミットするということは、現実的なことにこだわることであり、この世界に自らをつなぎとめることでもある。

「火星の井戸」の青年は、ある日井戸に潜った。空腹も疲労も感じず、時間の感覚もなく歩き続けた。ある時、横穴が別の井戸につながっていて、彼はそこから地上に出る。そこは何ひとつ遮るものもない荒野である。オレンジ色の巨大な塊りと化した太陽が25万年後には爆発するという。彼が一つの井戸から別の井戸へと抜ける間に15億年過ぎた、と風が告げる。そこでは、名前も言葉も意味を持たなければ、「私」と「君」の区別もない。

川村（2006）は、村上の小説には、「火星の井戸」を原型として同様の「物語」が繰り返し現れることを指摘している。そして、「井戸」というキーワードを、ただ母胎回帰、冥界、などと結びつけるだけでは物足りないとし、村上作品に見られる、「『穴』や『井戸』に落ち、『横穴』や『壁』を通じて『新世界』へ出るという道筋」（川村 2006, p.19）を、「通過儀礼」を経ることと捉え、地下の世界、冥界へと降りて行き、帰って来る一連の動きに注目している。つまり、「〈私〉は〈私自身〉を捜しに冥界（アンダーグラウンド）に降り立っていったのであり、そこで〈私〉を見出して地上へと戻ってくる」（川村 2006, p.22）というストーリーを見出しているのである。

「火星の井戸」では、主人公の青年は、〈私〉を見出して地上に戻るどころか、彼が辿り着いたのは、名前も言葉も意味を持たない、生と死の区別もない世界だった。彼はそこで15億年という途方もない時間の流れの前に立ち尽くすしかない。風は青年に告げる。

「……我々は時の間を彷徨っているわけさ。宇宙の創生から死までをね。だから我々には生もなければ死もない。風だ」。（p.97）

ここで再び『風の歌を聴け』というこの本のタイトルが思い出される。第2章で私は、「風」についてのイメージを膨らませながら「魂」との関連を指摘した。悠久の時間、宇宙に彷徨う「魂」の世界を見てしまったら、そして、自分という存在も、「魂」が束の間の時間、「〇〇（名前）」となってこの世に存在しているだけなのだということに気づいてしまったら、もはや「今・ここ」の世界で生きることは難しくなる。人はそれを本当は知っているけれど、気づいていないから、「今度の休日には〜しよう」とか、「お金を貯めて〜を買おう」とか、ささやかな楽しみに胸を震わせたり、あの人の方が得している、と騒いで憎しみ合ったりするのではないだろうか。

今日、多様化している鬱症状、自殺——ここで、あえて「自死（自ら死ぬ）」ではなく「自殺（自ら殺す）」という言葉を用いる——、やり場のない攻撃性のはけ口としてのいじめ、暴力、ひきこもり、などの問題の背景にも、この青年の姿と重なる部分があるように思えてならない。

青年は、その物語を書いたとされるハートフィールドと重なり、もちろん村上春樹とも重なる。自分が生き延びるためには、まず、青年の、ハートフィールドの、そして自分の中の「青年」と「ハートフィールド」の物語を書くことが、当時の村上には不可欠だったのではないか。「僕」と「鼠」の物語に挟むという形で。

そしてもう一つ忘れてはならないのは、我々読者もこの「時の間を彷徨っている」存在の中の一人だということである。宇宙の創世からずっと時の間を彷徨い続けている「風」は「私」でもあり、「火星の井戸」は「私」の物語でもあるのだ。「風」は言う、「しゃべってるのは君さ。私は君の心にヒントを与えているだけだよ」と。『風の歌を聴け』というのはそういうことだったのかとあらためて納得する思いである。

村上は次のように述べている。

……死者への共感は非常にあるんです。生きてる者よりは死んでる者に対する共感、存在する者よりは不在の者への共感が、やはり僕にはあると思います。（村上 1985c, p.67）

……僕の中には〈今存在するもの〉と〈かつて存在し、今は存在しないもの〉というふたつの世界に物事をわけて考える傾向があるんです。……つまりこの現実の状況というのは、僕にとっては仮りのものなんです。絶対的な状況じゃない。少し位相がずれたところに、今の状況とネガとポジの関係になった逆の状況が存在してもおかしくはないということです。だから僕の場合失われたものに対する憧憬は決して懐古的なものじゃないんです。リアルタイムですね。不在の存在感・存在の不在感という感覚がいちばん近いのかな。（村上 1985c, p.68）

ここで重要なのは、在も不在も、生も死も、どちらも村上にとってはリアルタイムであり、どちらかが絶対的な状況ではなく、ネガとポジの関係にあるということである。これは、１９８０年

『文學界』に掲載された『街と、その不確かな壁』――本人はこれを失敗作としているが――、そしてそれを元にして1985年に発表された『世界の終りとハードボイルド・ワンダーランド』で描かれたパラレル・ワールドというテーマにつながる。これはデレク・ハートフィールドの追悼の物語でもあると言ってもよいのではないだろうか。

Ⅲ 「死は生の対極としてではなく、その一部として存在している」

村上春樹の「死者への共感」、「不在のものへの共感」はいったい何に由来するものなのであろうか。早期の記憶は、その人の一生において決定的な意味を持ち続けることがある。村上のいちばん古い記憶の一つは「川に落ちて、ぱっくりと口をあけた暗渠に流されていくという恐ろしい体験」(Rubin 2002/2006, p.21)だったという。インタビュー(「村上春樹ロングインタビュー」小説新潮臨時増刊 1985a)の中で、村上はこの体験について「あのね、僕が二つか三つの時に川に落ちたの。川に落ちて流されてね、もう少しで暗渠に入るところで見つけられて助かったんだけど、その暗闇を覚えているね。それが最初の記憶、いやな記憶ですね」(pp.23–24)と述べている。この時村上が一瞬垣間見た暗闇は、おそらくこの世の暗闇ではない。ここで、ハートフィールドが遺言で墓碑に記すことを望んだという、「昼の光に、夜の闇の深さがわかるものか」という言葉が思い出される。

井上(1999)は、村上のこの早期の体験と、幼少の頃の彼の父親の同僚の子弟の溺死事件とを結びつけ、そこにすべての作品の源泉が認められ、多くの作品における「井戸」の原型であると指摘している。さらに、芳川（2010）は、京都の僧侶であった父方祖父の死についての逸話、「ある晩、酔って、彼の祖父は線路の上に横向きに寝てしまった。その上を路面電車が通った。祖父はふたつに切断されて死んだ」（p.87）というフランスの情報誌「テレラマ」２９４８号に掲載されたインタビュー記事を紹介している。

だが、村上が初めて家族について詳細に記した「猫を棄てる——父親について語るときに僕の語ること」（村上 2019）には、１９５８年8月25日の朝、祖父は、台風の激しい雨の中、警手のいない踏切を横断しようとして電車にはねられて亡くなったとある。さらに、「僕はなぜか祖父が死んだのは台風の夜中で、檀家を訪れた帰り道でたぶん少し酒も入っていたというように記憶していたのだが、当時の新聞記事を調べてみると、話はまったく違っている」（p.245）と記されている。村上が9歳だった当時の祖父の事故死は、長年このような物語として彼の記憶の中に収められていたのである。

スイスの精神科医であり、分析心理学を創始したユング（Jung 1963/1972-1973）は『自伝（*Memories, Dreams, Reflections*）』の中で、4歳になる前の記憶として、漁師たちが見つけたライン滝から流れ落ちて来た死体が家の洗濯場に置かれたのを見に行きたがって禁じられたこと、そして家の後ろの坂に沿った蓋のない下水溝に血と水が流れているのを見つけて、これが法外に面白いことに思えたという鮮明な早期の記憶について振り返っている。ユングは『自伝』の冒頭で「私の一生は、無意識の自己実現の物語である」(p.17)と述べており、特に晩年には死について取り組み、死後の世界について物語ることを試みた。

村上、ユングいずれの場合も幼少の頃の「死」との遭遇の体験である。否が応でも、「死」というものが存在する、この世界は「生」だけから成り立っているのではないという事実と出会う体験である。人生の早期において、どのような形で、どのような「死」と出会うかはその人にとって、生涯大きな意味を持つ。『ノルウェイの森』(1987)の中の「死は生の対極としてではなく、その一部として存在している」という一文の中に、村上の早期の体験が凝縮されて表現されているように思われる。

ただし、村上にしてもユングにしても、幼少期にこのような体験があったから、今日の村上春樹の作品が生まれたとか、ユングは無意識の探求に生涯を費やした、と私が考えているのではない、ということを強調しておきたい。瀕死の体験や、身近に「死」と出会う機会があっても、それが、その人の心の中に組み込まれないこともあれば——深い無意識レベルでは、本人も気づかぬところに組み込まれていることもあるが——、生涯にわたって深く存在し続けることもある。それは、内的な必然性があるか否かによる、と言ってもよいかもしれない。要は、本人の中でその出来事がどのように意味づけられ——たとえそれが本人に意識されていなくても——、生きられるのかということが重要なのである。

幼少時代から、我々は日々さまざまな種類の、厖大な出来事を体験しているはずだが、ほとんどは忘れ去られる。そんなことはない、という方がおられたら、あらためて考えてみていただきたい。「私には〜歳の時〜をした記憶がある」と言っても、今日まで生きてきた時間の長さと比べればその体験は点にも満たない。そのような中で、長い年月を経ても記憶として留まっているものは、その人にとって何らかの特別な意味があるものなのである。心理療法の過程において、クライエントがずっと忘れていた子どもの頃のことを思い出し、それが本人にとってとても重要な意味を持っていることに気づかれるようなことも少なくはない。

運命論的なことを述べるつもりはないが、そういう体験をする子どもたち、というのは確かにいる。向こうの世界への親和性の強い子どもたちとでも言おうか。例えば、宮崎駿監督のジブリ制作アニメ『千と千尋の神隠し』（2001）の主人公の千尋は、引っ越しの途中に神々の世界に迷い込んでしまう。物語の展開の中で、実は幼い頃川に落ちて溺れかけたのを、川の神（ハク：正式にはニギハヤミコハクヌシ）に助けられたという過去があったことが判明する。千尋はすっかり忘れていたのだが、少しずつその記憶が蘇る。川に落ちるということは、川に誘われる体験でもある。そういう千尋が、10歳でふとしたことで向こうの世界に迷い込むのも、まったくの偶然ではないようにも思えてくる。

民俗学者の柳田國男は、『遠野物語』（1910/2014）の中で幾つもの神隠しの物語を取り上げている（有名なものとしては「寒戸《さむと》の婆」などがある）。さらに興味深いことには、『山の人生』（1926/2013）の中で、「神隠しに遭いやすき気質あるかと思う事」という項目を挙げ、「神に隠されるような子供には、何かその前から他の児童と、ややちがった気質があるか否か」（p.38）という問いを立て、それに対して「私はあると思っている」と答え、さらに「……私自身なども隠されやすい方の子供であったかと考える」と述べている。子どもの頃の思い出を辿った「故郷七十年（抄）」（1959/2014）には、幼少の頃ふらっと一人で遠方に行ってしまった話を記している。そういう体験の記憶を持つ柳田國男が後に、岩手県遠野に伝わる伝承や逸話を『遠野物語』としてまとめて発表し、日本の民俗学の草分け的存在となったことは非常に興味深い。その一方で、柳田が明治の官僚であったことも見逃せない。「向こうの世界」に没頭しても、「こちらの世界」に戻って来ざるをえない立場にいたということである。戻ってこなければいけない世界がこちらにあったからこそ、ある意味安心して「向こうの世界」に没頭できたとも言えるだろう。

時代をさかのぼれば、平安時代初期、朝廷の官吏であった小野 篁《おののたかむら》が、夜な夜な冥府に通い閻魔大王の元で裁判の補佐をしていたという逸話は有名である。京都東山の六道珍皇寺には、篁が行き来する際使ったと言われる冥土への入口の井戸があり、現在は廃寺となっている京都嵯峨野の福正寺にはこの世に戻る出口があったとされている。朝廷の官吏は、昼間は必ず「こちらの世界」に戻っていなければならない。やはり二つの世界のバランスが何より重要なのである。村上は創作と日常生活を切り離し、自分は普通の人間であるということを強調する。これも、彼のような方法で、創作活動を進めながら生き延びるための秘策の一つであると言えよう。

エルサレム賞を受賞した時のスピーチ「壁と卵」（初出 2009/2011a）の中で、普段めったに家族について語らない村上が、父親の死について触れている。よほどの強い思いがあったことだと思われる。

> 私の父は昨年の夏に九十歳で亡くなりました。彼は引退した教師であり、パートタイムの仏教の僧侶でもありました。大学院在学中に徴兵され、中国大陸の戦闘に参加しました。私が子供の頃、彼は毎朝、朝食をとるまえに、仏壇に向かって長く深い祈りを捧げておりました。一度父に訊いたことがあります。何のために祈っているのかと。「戦地で死んでいった人々のためだ」と彼は答えました。味方と敵の区別なく、そこで命を落とした人々のために祈っているのだと。父が祈っている姿を後ろから見ていると、そこには常に死の影が漂っているように、私には感じられました。
>
> 父は亡くなり、その記憶も――それがどんな記憶であったのか私にはわからないままに――消えてしまいました。しかしそこにあった死の気配は、まだ私の記憶の中に残っています。それは私が父から引き継いだ数少ない、しかし大事なものごとのひとつです。（『村上春樹 雑文集』p.79）

詳細は第5章であらためて述べるが、村上春樹は父親から大切なものを受け継いだ。それは「魂」や「死」に対する感受性のようなものではないか、と私は考える。このような背景を持つ村上春樹という「個」に「川に落ちて流されるという体験」、祖父の死、が記憶として埋め込まれることで、今日の村上作品が生まれる土壌が出来上がったのであろう。

Ⅳ　デレク・ハートフィールド、おわりに

「火星の井戸」の青年は、時間から解き放たれ宇宙空間の中で火星の「井戸」に潜ったが、不毛に終った。結局彼は、「個」として生きることができなかったのである。この青年には名前がない。この青年の物語を書いたとされるデレク・ハートフィールドも、自らを殺すしかなかった。村上は、ハートフィールドを葬り、彼の墓を訪ねるためだけのアメリカへの旅に出る。ようやく見つけた彼の小さな墓に手を合わせ、腰を下ろして煙草を吸う。最後は、次のように締めくくられている。

この小説はそういった場所から始まった。そして何処に辿り着いたのかは僕にもわからない。「宇宙の複雑さに比べれば」とハートフィールドは言っている。「この我々の世界などミミズの脳味噌のようなものだ。」

そうであってほしい、と僕も願っている。(『風の歌を聴け』文庫本 pp.159-160)

ミミズの脳味噌のように単純なこの世界の中で、「私」を見出すための、自己治療のための、村上の長い旅がここから始まる。そのために、村上はデレク・ハートフィールドをでっちあげ、彼を通して決して口にしてはならない真実を語り、彼を葬った。これは、村上春樹がこれからの一歩を歩み始めるためにどうしても必要なステップだったと言えるであろう。これは彼にとっての一つの儀式だったと言ってもよいかもしれない。

今日、不登校、ひきこもり、仕事に行けない、など問題を抱えているとされている人たちの中には、若くして、あるいは幼くして、どこかでデレク・ハートフィールドの世界、「火星の井戸」に気づいてしまったがために、この世界で生きていくのが難しくなっている人もおられるように思う。束の間の時間——人間の一生など宇宙の時間に比べれば点にも満たないではないか——、ミミズの脳味噌のような世界でどのように生きていくのか、いかに「私」を立ち上げるのか、ともに探るのがこれからの心理療法に携わる者の役割ではないだろうか。

第4章
言葉・身体

Ⅰ　言葉への信頼の喪失

第1章で述べたように、村上春樹が小説を書くようになった背景において、言葉の問題は大きな位置を占めている。第4章では村上と言葉について考える。

村上春樹が早稲田大学に在籍していた1968年から1975年は、ちょうど学生運動が盛んな時代だった。そのことを踏まえて、台湾メディアによるインタビュー「現代の力・現代を超える力」（初出 1998/2012）の冒頭で、学生運動が創作に影響を与えたかと尋ねられた時、村上は「それは僕に『言葉への信頼の喪失』みたいなものをもたらしたかもしれません」（p.33）と答えている。

学生運動に対して、村上がどのような立場にいたのかについては、『職業としての小説家』（2015b）の中で多少触れられている。それによれば、村上は当時特定のセクトには加わってはいなかったものの、基本的には学生運動を支持していたようだ。しかし、反体制のセクト間の対立が深まり、「内ゲバ」で人の命が奪われるようになると、運動のあり方に対して幻滅を感じるようになったという。上述のインタビューの中で、村上（初出 1998/2012）は、

どんなに威勢のよい言葉も、美しい熱情溢《あふ》れる言葉も、自分の身のうちからしっかり絞り出したものでないかぎり、そんなものはただの言葉に過ぎない。時代と共に過ぎ去って消えていくものです。（p.33）

と述べている。また『職業としての小説家』（2015b）においても、

どれだけそこに正しいスローガンがあり、美しいメッセージがあっても、その正しさや美しさを支えきるだけの魂の力が、モラルの力がなければ、すべては空虚な言葉の羅列に過ぎない。（p.37）

とある。あの頃、学生運動に参加していた学生たちが、自分たちの主張が絶対に正しいと信じ、体制側を批判するために発していた言葉の多くが、結局は論破のためのもっともらしい空虚な言葉にすぎないものとして、村上の耳には響くようになっていたのかもしれない。当時を振り返るように

淡々と語る村上の語り口から、哀しみ、そして静かな怒りのようなものが伝わって来る。

一方で、村上（2015b）は、当時の経験を通して「言葉には確かな力がある」（p.37）ということも実感する。しかし、それが間違った方向に一人歩きをしてしまう時の危うさについても、オウム真理教の信者へのインタビューの体験（1998年に『約束された場所で――underground 2』として出版されている）を踏まえて論じている。日本ではかつての「家」が解体し自由になったものの、個人が生きる上での拠りどころを見出せず、不安になっているところにカルト宗教が介入してくる危険性を指摘し（1998/2001）、「何によらずわかりやすく力強いロジックには警戒をしなくてはなりません」（村上 初出 1998/2012, p.34）と訴えている。今日我々はこの点について、肝に銘じておく必要があるのではないだろうか。

これらのことは、何も、学生運動やオウム真理教の事件における言葉だけに当てはまることではない。日々我々が口にしている言葉、今日我々の周囲に溢れている、インターネットをはじめ、さまざまなメディアを通しての過剰なまでの言葉のいったいどれほどが、村上の言う「自分の身のうちからしっかりと絞り出された」言葉と言えるであろうか。ほとんどが否なのではないか。

インターネットを通じて我々が目にする記事の見出し文には、見る人を惹きつけ、わかったような気にさせる恐ろしい力がある。その背景にあることについて想像してみることもなく、疑ってみることもなく、書かれている言葉をそのまま鵜呑みにすると、そのような力が破壊的に働くことがある。いったん言葉をゆっくり自分の中に沈めてみることが必要なのではないか。単に白か黒かとするのではなく、しっかり判断するためには相応の知識も必要である。村上（2015b）は、言葉には、その言葉を支える「魂の力」と「モラルの力」が必要であることを指摘している。まったく同感である。

村上（初出1998/2012, p.33）の「僕自身が最も理想的だと考える表現は、最も簡単な言葉で最も難解な道理を表現することです」という言葉は、心理療法についてもそのまま当てはまる。心について語る時、一見もっともらしく立派に聞こえる専門用語や抽象的な表現は、人々を煙に巻くことはできても、悩み苦しんでいる人の役には立たないことが多い。それどころか、生きている人間を既存の概念の枠の中にはめ込み、その人をしっかりと見ようともせずに、わかったような気になるところがあるので気をつけなくてはならない。今日の心理療法の動向を見ていて時々そのような危惧を感じる。いや、社会全般にこのような傾向があるようにも見える。

どのような事柄についても、子どもたちにもわかる言葉で語ることができてこそ、本当にわかっているということではないだろうか。アニメや児童文学の中にも、人間の心の本質を物語る素晴らしいものがある。

村上は、1997年、（1995年に起こった）地下鉄サリン事件の現場を文章で再現することを目的として、『アンダーグラウンド』というノンフィクションを出版している。執筆にあたり村上は、62名の被害者や関係者に1時間半から2時間、場合によっては4時間にも及ぶインタビューを行っている。そこでは、ただ事件当日の状況について尋ねるのではなく、インタビュイーの個人的な背景——例えば、その人がどこで生まれ、どのように育ち、どのような仕事をして、どのような家族と暮らしているのか、といったようなこと——をじっくりと話してもらい、それを丁寧に聞き取り、文章にしている。これは、インタビュイーたちを、「地下鉄サリン事件の被害者」と一括りにするのではなく、一人一人の人間としての成り立ち、ありようを踏まえ、「顔のない多くの被害者の一人（ワン・オブ・ゼム）」（村上 1997/1999, p.27）ではなく、掛け替えのない一人の生身の人間として出会おうとする作業である。このような聞き方がどれほどエネルギーを要するのか、一般にはあまり理解されていないように思う。

この時の村上の経験は、後に『騎士団長殺し』（2017a）の中の、一人称の語り手である肖像画家の「私」が、肖像画を描く方法について述べている部分に活かされている。おそらく上述のインタビューの時の、体感的な記憶に基づいて村上は書いたものだと思われる。『騎士団長殺し』からその部分を引用する。

……肖像画を描くにあたって、私は最初から一貫して自分のやり方を貫いた。まずだいいちに、私は実物の人間をモデルにして絵を描くということをしなかった。依頼を受けると、最初にクライアント（肖像画に描かれる人物だ）［筆者注：心理療法における私が用いた「クライエント」

も、村上の言う「クライアント」もいずれも"client"である」と面談することにしていた。一時間ばかり時間をとってもらい、二人きりで差し向かいで話をする。ただ話をするだけだ。デッサンみたいなこともしない。私がいろんな質問をし、相手がそれに答える。いつどこでどんな家庭に生まれ、どんな少年時代を送り、どんな学校に行って、どんな仕事に就き、どんな家庭を持ち、どのようにして現在の地位にまでたどり着いたか、そういう話を聴く。日々の生活や趣味についても話をする。だいたいの人は進んで自分について語ってくれる。それもかなり熱心に……。(『騎士団長殺し 第1部 顕れるイデア編』p.23)

肖像画であるにもかかわらず、そして目の前に本人がいるのにもかかわらず、なぜ実物の人間をモデルにして絵を描かないのか、といった疑問が浮かんでくるかもしれない。この答えのヒントになるのは、「私」の次のような言及である。

私が必要とするのは目の前の本人よりは、その鮮やかな記憶だった(本人の存在はむしろ画作の邪魔になることさえあった)。立体的なたたずまいとしての記憶だ。(『騎士団長殺し 第1部』pp.24–25)

「私」にとって、肖像画を描くということは、その人物の顔や姿を客観的に正確に写し取ることではないのだ。その人物の記憶、いつ、どこで生まれ、どこどこにある○○学校に入り、何年に卒業したといったような、客観的事実だけでは十分ではないのである。「私」が求めたのは、どんな家庭に生まれ、どんな少年時代を送り、どんな学校に行って、どんな仕事に就き、どんな家庭を持ち、どのようにして現在の地位にまでたどり着いたか、つまり英語で言えば"How?"で始まる問いに対して語られるその人の物語なのである。それらは往々にして、取り留めのない、時にはどこまでが事実なのかもわからないような長い語りになりやすい。一般的には「しょうもない話」「無駄な話」と一笑に付されることも多い。

しかし実はこのような語りこそが、生き生きとイメージを呼び覚まし、固まっていた記憶の中に動きを生じさせるのである。（第3章で取り上げたBさんの話を思い出していただきたい）。そのような記憶を「鮮やかな記憶」と村上は呼んでいるのであろう。実際に存在するクライエント（肖像画を描いてもらう人）の姿（形）が目の前にあると、このように記憶が自由に自発的に動き始めるのを妨げうるというのは頷ける。「たたずまいとしての記憶」とは、その人のありよう、そしてその人がそこに存在することで醸し出される雰囲気や空気感も含めた記憶のことだと理解できる。

まず、おそらく脈絡なく語られるいろいろなクライエントの語りを、マテリアルとして、「私」という器の中に入れる。時間をかけて、聞いた物語の記憶が「私」の中でイメージとして活性化されるのを待つ。そのようにしていると、イメージがまた別のイメージを呼び起こし、つながり、次第に立体的なクライエントの姿が立ち顕れ「私」はそれを肖像画として描く。これは、目の前に存在する実際のクライエントの姿をそのまま写し取るのとは異なる作業である。話を聞いて描くまでの過程に、いったんクライエントから得たマテリアルを「私」の中に取り込み、くぐらせるという作業があるのだ。写実的に正確に写し取るだけならば、写真の方が数段優れている。一人の人間の手による、一人の人間の肖像画の醍醐味はこの辺りにあるのではないだろうか。

『騎士団長殺し』の中で、「私」に肖像画を描いてもらう免色渉が、肖像画を描くことは互いの一部を交換することだという言うくだりがあるが、これは、このような肖像の描き方の本質を突いているように思われる。描く者と描かれる者がともに心の深みまで下降し、そこで何かを共有しながら作品を作り上げる。性的な関係が具体的な体の結合であるのに対して、このような関係は、目に見えないイメージレベルでの結合あるいは融合であると言えるであろう。完成した作品がどうこう言うよりも、このような過程で生じることが危険にもなりうるのだ。なぜなら、これは相手の一部を生身の自分の中に取り入れることでもあるのだから。

このような作業は、我々が心理面接の中で体験していることと重なる。本当は日常の会話の中でもこのようなことが知らず知らずに生じていることがある。少なくとも、心の専門家はこのことを知っておく必要がある。

心理面接において、クライエントから得られた情報を自分の中に取り込み、いったん沈める。そこでそれらをつなぎながら、物語を紡いでいくような聞き方をする作業と非常に似ている。このような聞き方をすることで初めて、そのクライエントの人生がイメージを伴った生き生きと動きのあるものになる。自分の想像力を働かせながら聴く聴き方とも言えようか。しかも、何か一つの見方に決め付けたような聞き方ではなく、さまざまな可能性に開かれながら聴くのである。

心理臨床の現場では、ゆっくり話を聞く時間などないというのであれば、たとえ事情聴取のような聞き方をして得られた限られた情報であっても、セラピスト自身が自分の中にそれらを取り込み、醸成していくのをじっくり待ってみてもよいのではないか。例えば事実を並べると、「3歳、妹誕生。5歳、足を骨折。6歳、小学校入学。小4、○○に引っ越しし転校。……」ということで済んでしまうが、それぞれ、その人、その人の家族、その人をめぐる人々にはさまざまな物語があったはずだ。それをゆっくり想像してみる。それらの物語が積み重ねられていくことで、その人の人生の厚み、奥行きができてくる。その中に入って、その人の話を聞いていると、違った風に聞こえてくることもあるのではないか。

心理面接開始から何年か経って、ふと「自分の生まれる前に亡くなったきょうだいの命日に、私は生まれました」と言われた方がいた。仮にCさんとする。「そう言えば、……」という感じで言われただけで、ご本人はこれまでこのことをあまり気に掛けておられないように見受けられた。しかし、あらためて言葉にしてみたことで、Cさんの中で何か感じることがあったようだった。これ以降、特にこのことを話題にすることはなかったが、その後の面接過程に変化があったことを考えると、とても重要な出来事だったのではないかと思う。

一方でまた、このことの意味について、セラピストが想像しながらお会いするのと、そうではないのとではこの後の心理面接はかなり違ったものになるのではないだろうか。例えば、「母は捨てられている動物とか、怪我している鳥とか見つけるとすぐ拾って来るんです」というCさんの言葉も、背景に、幼い我が子を亡くし、小さな動物の命を救いたいと思わずにはおれない母親の気持ちがあるだろうことを想像しながら聞いているのと、そうではないのとでは、何かが違ってくるのではないかと思う。

両親にとって、自分の子どもの誕生日と命日とが同じ日であるというのはどのような感じなのであろうか。また子どもの側として、生まれた時から、その事実を背負って生きていくとはどのようなことなのか。何か正解というものがあるわけでもないし、反対にセラピストが思い込み過ぎて、何でもかんでもそのことに結びつけてしまうのももちろん問題である。どんな感じなのだろうと想像してみる。どこか、そのことを頭の中に留め、思いをめぐらせてみることが大事なのではないかと思う。どんなに心理学の本を読んで勉強してみても、自分自身の想像力、イメージの力を働かせることなく心の深層に接近することはできない、と私は思う。

話が逸れてしまったが、『村上春樹 雑文集』の中に「血肉のある言葉を求めて」（初出 1997/2011）というエッセーが収録されている。これはもともと『アンダーグラウンド』の出版に際して、同年に書かれたものだという。その時、村上はどのように人々の話（インタビュー）を聞いていたのか。

次のように記している。

> ……［インタビューの］相手がどういう人なのかを懐にまで入っていって肌で感じないことには、「その人にとって地下鉄サリン事件とは何であったか」といういちばん肝の部分を理解することはできない……。相手が言葉として語ることだけを文章として並べていても、それでは血肉のあるインタビューにはならない。どこからそのような言葉が出てくるのかという出所を摑んでおく必要がある。（pp.220–221）

「懐にまで入っていって」、「肌で感じないことには」、「肝の部分」、「血肉のある」といった表現は、いずれも体とつながりがある。だからこそ、淡々とした語り口であるにもかかわらず、村上の言葉は、体を通して直接に伝わって来る。また、「出所を摑む」と、あえて即物的な表現が選ばれているが、かえって、これは目の前の生身の人間の中に入って「摑む」、という身体性を伴うリアルな感覚を喚起させる。その人の内側に身を入れ、そこで発せられる言葉に耳を傾けようとする姿勢が見てとれる。

村上は、一年をかけて行われたインタビューの作業を終え、その経験について自問自答してみるも、「『得難い体験だった』と一言で言ってしまうのはた易いけれど、それが自分にとってどういうことだったのか、まだ実感としてつかみきれていないというのが実状だ。そんなに簡単に片づけられない」(p.221)としか述べていない。きっと、そのとおりだと思う。その人にとって凄い体験というのは、体に染み入り、それが体の感覚を伴った本当の自分の「体験」となるには時間がかかり、それを言葉にできるまでにはさらに何倍もの時間がかかるものである。むしろ言葉にする必要はないのかもしれない。その人のその後の生き方を見ていると、それは自ずとわかるというのでよいのではないだろうか。

村上の体験が何かしら本物であったことは、この後の彼の志向が、それまでのディタッチメントからコミットメントに変わったことから十分に窺える。上述の引用した文章に続けて村上は、「ひとつだけ目に見えて変化したこと」として、以下のように述べている。

それは電車に乗ったときに、まわりの乗客をごく自然に見渡すようになったということだ。そして「ここにいるこの人たちみんなに、それぞれの深い人生があるのだな」と考える。「そうだ。僕らはある意味では孤独であるけれど、ある意味では孤独ではないのだ」と思う。この仕事をする前には、そんなこと思いつきもしなかった。それはただの電車であり、ただの「よその人」でしかなかった。(p.221)

これは決定的な変化である。もともと日本社会のシステムを強く嫌い、大学を出てからどこにも属さず、ずっと「個人」として生きて来た村上春樹である。ただの電車がただの電車ではなくなる。

つまり、自分には何の関係もないと思っていた電車が、自分に関わりのあるものとして感じられるということだ。関係がないと思っていたものとつながりが感じられるということである。ただの「よその人」だった人にも、それぞれ意味深い人生があるのだなと考える。自分には関係ないと思っていた「よその人」にも、皆掛け替えのない人生があるのだ、と気づかぬうちにこのように感じ入っているということは、自分とは直接関係はないにしても、それが自分と何らかのつながりを持つものとして感じられるということである。人に強いられてそうなったとか、頭で考えてそう思ったということとは違う、どこか自分の中の奥深いところから湧き上って来るような感覚なのではないか。

河合隼雄との対談（1996）の中で、村上は「……これまでにあるような、『あなたの言っていることはわかるわかる、じゃ、手をつなごう』というのではなくて、『井戸』を掘って掘って掘っていくと、そこでまったくつながるはずのない壁を越えてつながる、というコミットメントのありように、ぼくは非常に惹かれた……」（pp.70–71）と発言しているが、このようなつながり方の実感が、「そうだ、僕らはある意味では孤独であるけれど、ある意味では孤独ではないのだ」という上述の気づきにつながるのではないだろうか。これは、周囲から「君は一人じゃないよ」と言われたり、頭で考えてそう思ったりするのとは違う。「ふれあい～」とか「皆で助け合おう」といったスローガンとも違う、内から生じた何か決定的な確信ではないだろうか。なぜそういうことが起こったのか、と問われても筋道だった説明はできず、ただそういうことが起こったのだとしか言いようのないこのような体験こそ、人間を根本的に変えうる。そこにこそ、心理療法の究極の目標があるのではないか、と私は思う。

Ⅱ　文体の確立

1　「正確な言葉は闇の奥深くへと沈みこんでいく」

村上春樹の創作活動は、彼の中で「失われた言葉の信頼」を取り戻すための試みから始まったとも言えるであろう。すでに述べたように、村上は「自分でもうまく言えないこと、説明できないことを小説というかたちにして提出してみたかった」（河合・村上 1996, p.66）と言い、しかもそれは「非常にスポンテイニアスな物語でなくてはいけない」（p.68）と述べている。つまり、「何かのメッセージがあってそれを小説に書く」（p.66）のではなく、「自分の中にどのようなメッセージがあるのかを探し出すために小説を書いている」（pp.66–67）というのである。そのためにはまず、物語が自発的に語り出さなくてはならない。そしてそれを言葉で記述していく。これは、全人的にコミットしないと成しえない、一般に考えられているよりもはるかに困難な作業である。処女作『風の歌を聴け』（1979/1990）の始まりのチャプター1に、その苦しみの、静かな口調の吐露がある。この箇所は第2章でも引用したが、もう一度ここで取り上げる。

今、僕は語ろうと思う。……しかし、正直に語ることはひどくむずかしい。僕が正直になろうとすればするほど、正確な言葉は闇の奥深くへと沈みこんでいく。（p.8）

村上は、『自作を語る』①（1990b）の中で、『風の歌を聴け』を書き始めた時のことを次のように振り返っている。

僕としては自分の気持ちをただただ正直に文章に書き換えたかっただけである。でもその作業を進めていくうちに、正直に書きこもうと努力すればするほど文章が不正直になっていくことに僕は気づいた。文章を文学言語的に複雑化させ、深化させればさせるほど、そこにこめられた思いは不正確になっていくのだ。……これじゃ駄目だ、と僕は思った。それは僕の求めていることではない。（pp.IV–V）

母語が日本語である我々の中には、幼少の頃からの実生活の体験の中で獲得され、培われて来た多くの日本語の語彙や表現が蓄積されている。日本語の持つ特性を考えると、良きにつけ悪しきにつけ、物事について直接的な表現を避け、暗示的、情緒的に書き連ねやすく、どこか日本的に、美的な表現を探るような方向に向かいがちである。しかし、村上が書きたかったのはそういうものではない。

村上は「他人と違う何かを語りたかったら、他人と違う言葉で語りなさい」というスコット・フィッツジェラルドの言葉を思い出し（『自作を語る』① p.V）、自分は、他人と違う何かを、誰もが語らなかったような言葉で語りたかったのだ、という思いに至る。こうして村上の創作活動は、まず物語を語るための、自分の文体を確立することから始まった。

2　英文タイプライターで書いてみる

そこで村上春樹はどうしたか。『職業としての小説家』（2015b）には次のようにある。

万年筆と原稿用紙が目の前にあると、どうしても姿勢が「文学的」になってしまいます。そのかわりに押し入れにしまっていたオリベッティの英文タイプライターを持ち出しました。（p.45）

どのように書くのか、方法を模索する中、村上は、小説を書いてみようと思いついたその日に購入した万年筆と原稿用紙から離れ、英文タイプライターに向かった。自分にとって自由に操れる、いや、自由に操れすぎるからこそ、あえて日本語を捨てたのだ。そして直接手で書くのではなく、機械を使って書くことにしたのである。これはなかなか興味深い。なぜなら、一般的には、村上が目指したように、言葉に身体性を回復しようとするのであれば、方法として、自分の手を使って文字を書くという方がふさわしいのではないかと考えるからである。

昨今、我々はパソコンを使って文字を書くことが多い。しかし、研究者としてまた心理療法家として駆け出しの頃はまだ手書きが主流だった年代の私にとって、パソコンを使う場合と手を使って書く場合との微妙な心理的な体験の違いについては、折に触れて意識し、自分の中で迷いや揺れを感じながら前者に移行して来た経緯がある。卒業論文や修士論文を清書するのに、一文字一文字原稿用紙に手書きで記したことを懐かしく思い出す。

パソコンが普及し始めて間もない頃は、特に心理面接におけるクライエントとの生の会話のやりとりを記録するのに、機械を通して書き留めるのには違和感があった。その一方で、パソコンを使うと、文章を断片的に切り取って機械的に組み替えるのが容易であるため、翻訳の仕事をするには随分便利になったと感じた。今日、パソコンばかりを使っていると、漢字が読めるけれど書けなくなっているという話をよく耳にする。大雑把に漢字の形状を覚えているだけで事足りるからだろうか。手で書いていた頃には、感触として手が文字の形を覚えていたのであろうか。あるいは、手の動きに伴って書かれた文字が、視覚的にフィードバックされ、それが体を通して記憶されていたのかもしれない。

万年筆で書く場合、もちろん毛筆にはかなわないが、ボールペンと比べてみても、筆圧によって文字の太さや色の濃さも微妙に変わるので、体から直に文字が生み出される感触がより鮮明に体感できる。古人の達筆を目にすると、造形としての文字の様から、その人の、人や成り、書いている時の体調までもが伝わって来る気さえする。

それを、村上はあえて反対の方向に行ったのである。しかも、彼が選んだのはワープロでもなく、昔のオリベッティのタイプライターだった。力を込めてアルファベットを一つずつ打ち込む感触が手に残るであろうし、流れるように文字を書きやすい万年筆とはある意味対極の道具であったと言えるだろう。

村上の目指したのは、「シンプルな言葉を重ねることによって、シンプルな文章を作り、シンプルな文章を重ねることによって、結果的にシンプルではない現実を描く」（『自作を語る』① p.V）ということである。これは、いったん日本語から身体性を削ぎ落して、道具——村上（2015b）は「機能的なツール」（p.48）と呼んでいる——とし、それを用いて、自分の中の深層にある、形にならないもの——これらはシンプルではありえない——をわかりやすく記述することなのではないか。そして、「そのツール性を深く追求していくことは、いくぶん大げさにいえば、日本語の再生に繋がっていくはずだと信じています」（村上 2015b, p.48）という言葉は、決して大げさに言っているのではなく、そこには村上の強い信念と救済への願いが感じられる。村上は、中途半端に身体性を求めるのではなく、イメージも言葉も、まだ体と渾然一体として存在しているような、深みにまで降りて行き、そこで体験することを正確に描くことを追求することで、本来の身体性を取り戻すことに挑んでいるように思われる。

3　英語で書いてみる

村上はシンプルに書くために、『風の歌を聴け』の最初の何ページかを実験的に英語で書いてみている。彼は、高校生の頃からペーパーバックをよく読んでいたので、かなりの程度の英語の語彙や表現は持ち合わせていたと思われるが、誕生以来ずっと日本で暮らして来た村上にとって、それらは実際の生活の中で、生の体験を通して獲得されたものではない。もちろん「……年若い時期には、一冊でも多くの本を手に取る必要があります……少しでも多くの物語に身体を通過させていくこと」（村上 2015b, p.110）と、若い人たちに向けて呼びかけている村上であるから、英語で小説を読みながらも、ただ知的に読んでいたのではなく、物語の中に身を入れるようにして読んでいたであろうことが推察される。つまりこれは、身体性を伴った読書の仕方である。そのため、書物を通してだけではあっても、村上にとって、英語がある程度は身についたものにはなっていたと思われるが、それでも母語の日本語に比べるとはるかに不自由なはずである。

しかし反対に、不自由で制限があるがゆえに、より丁寧に一つひとつの語について意識しながら書くであろうし、語と語の関係や文と文とのつながりに関しても日本語のようにごまかしがきかない分、正確に書くことができるようにも思われる。

母語以外で書いてみることは、言葉や文化、さらには言葉と身体性について再考する機会にもなりうる。両親ともにカルカッタのベンガル人であるラヒリ（Lahiri: 1960-）は、ロンドンで生まれ、幼少時に渡米し、長短編の小説を英語で書き、幾つもの賞（ニューヨーカー新人賞、ピューリツァー賞、フランク・オコナー国際短編賞など）を受賞した作家である。彼女は、学生だった１９９４年、イタリアに行き、イタリア語の響きに魅せられ、20年後家族とともにイタリアに移住した。ついには母語のベンガル語でもない、英語でもない、彼女にとって新しい第三の言語であるイタリア語で、自分だけの秘密の日記を綴り、『べつの言葉で』（2015/2015）というエッセーを書いた。彼女は、表現のためのツールとして、わざわざ大人になってから覚えた、操れる語彙も限られた不自由なイタリア語を選んだのである。イタリア語と格闘しながら綴られたエッセーには、世界を新しい目で見ているような新鮮な視点がある。「新しい言語を知り、そこにどっぷり浸かるためには、岸を離れなければならない。浮き輪なしで。陸地をあてにすることなく」というラヒリ（2015/2015, p.9）の言葉が印象的である。

言語が変われば文の構造が変わる。それに伴い思考の様式も変わり、つまるところは世界の見方、把握の仕方までもが変わる。ラヒリ（2015/2015）は「わたしはイタリア語で書くとき、イタリア語で考える。それを英語に翻訳するには、脳の別の部分を目覚めさせる必要がある」（p.76）と述べている。つまり、別の言語で何かを書くには、思考の様式を変え、脳の働きを変え、体の組成までも変える必要がある。いや、むしろ、母語以外の言語で何かを書くと、思考の様式が変わり、脳の働きが変わり、体の組成が変わる、と言った方がよいのかもしれない。

私自身が、英語で論文やエッセーを書いたり、研究発表やレクチャーをしたりすることを振り返ってみると、上述したことは強く実感される。詳細は他の機会に譲るが、特に日常会話において、英語で話す時と日本語で話す時とでは、大げさに言うと別の人格になってしまうくらいの異なる感覚がある。

しかし一方で、同時通訳を行う人たちを見ていると、機械的に言葉を変換していくことに長けていて、別人格になるような体験はしていないように見える。あくまでも人に依るのかもしれない。実際に私がアメリカに住んでいた子どもの頃には、身体レベルでぼんやりと捉えていたこの感覚が、大人になってからはより自覚的になったという印象がある。

我々は、自在に使いこなせる（と思っている）言語を用いている時には、言葉の意味について意識的に考えたり、言葉の成り立ちの歴史を辿ったりする作業を怠りがちである。わかっていると思い込んでいるからだ。ちょうど、物のない不自由な生活の中からこそ創意工夫が生まれることがあるように、言葉においても、制限があり不自由な中から新しい発見がありうる。

村上（2015b）は初めて英語で書いてみた時の体験を、

> ……僕がそのときに発見したのは、たとえ言葉や表現の数が限られていても、それを効果的に組み合わせることができれば、そのコンビネーションの持って行き方によって、感情表現・意思表現はけっこううまくできるものなのだということでした。（p.46）

と述べている。専門ではないのであくまでも私の素人の印象にすぎないが、日本語には、情緒的で曖昧な表現に美を見出す傾向があるように思われる。村上が自分の創作活動の喩えとしてよく使っている「家」の表現を用いるならば、彼が小説を書く時に降りていくという「地下二階」は、容易に言語化を許さない混沌とした曖昧な世界である。曖昧なものを曖昧に描くと、曖昧なものはさらに曖昧になり、苦心して「地下二階」から拾い上げたものも結局は元の混沌状態に帰することになってしまう。これが上述の「僕が正直になろうとすればするほど、正確な言葉は闇の奥深くへと沈みこんでいく」ということであろう。

それに対して村上は、自分の中にあるものを、冷徹な目で見つめ、できるだけシンプルに正確に記述することを目指した。それは、村上が、自分の中ですでにわかっていること、明確になっているものではなく、自分にとっても未だ意識できていない、混沌とした、摑みにくいものについて書こうとしたからである。

村上にとって、英語で書いてみることによって、文章のリズムのようなものを体感できたことも大きかったようだ。「外国語で書く効果の面白さを『発見』し、自分なりに文章を書くリズムを身につける」(村上 2015b, p.47)と、再び万年筆と原稿用紙に戻り、英語で書いたものを日本語に「翻訳」――村上はむしろ「移植［筆者注：英語では transplant］」(p.47)という言葉を用いている――していったという。こうして、「僕［村上］自身の独自の文体」「僕が自分の手で見つけた文体」(村上 2015b, p.47)が生まれたのである。それは「自分の中から自然に出てきた文体」(村上 2015b, p.50)であるため、自分の呼吸やリズムに合っているという。

前述の河合隼雄との対談（1996）の中で、村上は、河合に対して以下のように問うている。

小説を書き始めるまでは、自分の体にはそんなに興味を持っていなかったのです。ところが、小説を書いていると、自分の身体的なもの、あるいは生理的なものにものすごく興味を持つようになって、体を動かすようになりました。そうすると、体が変わってくるわけです。脈拍も、筋肉も、体形も。それと同時に、自分の小説観や文体がどんどん変わっていくのもよくわかる。身体の変化と、精神的なものの変化はやはり呼応しているのですか。（p.97）

これに対して河合は、「それはもう呼応して当然……」（p.98）と答えている。これは、心と体が連動していることを、村上が身を以て体験した証となる発言であり、ここからも、村上は書く時に、ただ頭を使って知的に書いているのではなく、いかに体も使って書いているかが読み取れる。

その後のインタビュー（「『スプートニクの恋人』を中心に」）では、マラソンやトライアスロンをしていることに言及し、「（身体を動かすようなことを）大人になってやると、フィジカルな作用とメンタルな作用がいかに結びついているかがよくわかる」（村上 初出 1999/2012, p.65）、また別のインタビュー（「『海辺のカフカ』を中心に」）で、文体について話題になると「僕は文体というのはフィジカルなものだと思うんです」（村上 初出 2003/2012c, p.143）と明言している。

このような発見は、長い年月をかけて、英語で書いてみる、翻訳をする、物語を書く、走る、音楽を聴く、ピアノを弾くといった作業をしながら、内側から体の隅々まで自覚的に体験することを習得する中で、村上が身を以て知ったことだと思われる。

4　母語の外で

母語以外で小説なり随筆なりを書いている人たちの、言葉と体をめぐる発言は興味深い。そこには、誕生以来同じ文化の中にずっと暮らし、母語だけを使って生きて来た人たちがなかなか気づくことのできない洞察を見出すことができる。

例えば多和田葉子は、日本で生まれ、早稲田大学でロシア文学を専攻して卒業後、22歳でドイツに移住し、30年以上ドイツに住みながら、長年にわたりドイツ語と日本語の両方で創作活動を続けている作家である。彼女の著書『エクソフォニー――母語の外へ出る旅』（2003/2012）には、上述のような経歴を持つ著者だからこそ確かな実感を持って語ることのできる、母語以外の言語の習得をめぐる体験が記されている。

多和田（2003/2012）は、「［母語以外の言葉が］しゃべれるようになるだけでもたいへんだが、［母語以外の言葉で］そう簡単に小説が書けるものなら苦労はしない。言葉を小説の書けるような形で記憶するためには、倉庫に次々木箱を運び入れるように記憶するのではだめで、新しい単語が元々蓄積されているいろいろな単語と血管で繋がらないといけない。しかも、一対一で繋がるわけではない。そのため、一個言葉が入るだけで、生命体全体に組み換えが起こり、エネルギーの消費がすさまじい」（pp.35–36）と、イメージしやすい比喩を用いて、新しい単語が、小説で使えるような生きた言葉になることの困難さと、そのために費やされるエネルギーの大きさについて力説している。

確かに、例えば日本語で「家」は、英語で"house"、ドイツ語で"Haus"だと知っていても、小説という、人間の「生」が織りなすさまざまな文脈の中でこれらの言葉を使いこなすということは、ただ言葉を置き換えればよいということではないだろう。それぞれの言葉が意味するものは、それぞれの言葉が使われている国々、使っている人々の歴史、文化、風習、生活の中で長い年月をかけて培われて来たものである。同じ日本の中においてでさえ、時代や地域によって「家」は異なる顔を持つ。おそらく小説を書くとなれば、「家」なら「家」の、小説の中での「家」のイメージを持ちながら書き進めることになるわけだから、その背景まで一緒に浮かび上がるくらいでないと十分ではないだろう。新しい言葉が入って来ただけでは、使いこなせないということは容易に想像がつく。また「家」で生活をする人間の違いにも当然目を向ける必要があるだろう。つまり、母語以外の言葉で書き、話し、読み、考えることは、文化や歴史、そして人間そのものについても、洞察を深めることにもなる。

村上は、高校生の頃からアメリカのペーパーバックに惹かれて読んでいたが、その体験について「……後天的に身につけた言語で文章を理解し感動をすることさえできるというのは非常に新鮮な体験だったですよね。……それ［日本語］とは別のフェイズでコミュニケートできるというのはとても面白い体験だったし、どんどんそっちの方にのめり込んでいっちゃった……」と述べている

（村上 1985c, p.40）。ずっと日本で暮らしながらも、村上は高校生の頃から母語の日本語以外の言葉――英語――で読み、考え、感じるという体験をしていたのである。

もう一点、文体について考える上で、多和田（2003/2012）の、「人間だけではなくて、言語にもからだがある、と言う時、わたしは一番、興奮を覚える。……文章はある意味を伝達するだけではなく、からだがあり、からだには、体温や姿勢や病気や癖や個性がある。つまり言語にも生きたからだがあり、意味内容だけに還元してしまうことはできない」（p.197）という言及は、上述の村上の「僕は文体と言うのはフィジカルなものだと思うんです」と「フィジカルな作用とメンタルな作用がいかに結びついているかがよくわかる」という発言と照らし合わせてみると興味深い。

村上が、『風の歌を聴け』の始まりを英語で書いてみようと思った時点では、おそらくそこまで意識的ではなかったであろうが、その後も日本語で小説を書くことと翻訳の仕事を、バランスをとりながら進めて来たことによって、結果的に、欧米と日本の文化、それぞれの精神性、そして、身体との関わりについて、体を通しての洞察を深めることができたのであろう。

Ⅲ　村上と身体性――「触れる」体験

村上は『走ることについて語るときに僕の語ること』という著書の中で、自らを「生身の身体を通してしか、手に触ることのできる材料を通してしか、ものごとを明確に認識することのできない人間である」（2007/2010, p.42）と述べている。ここに、一個の人間としての村上春樹のありようと、世界との関係の結び方が凝縮されて語られているように思われる。

哲学者の市川（1977）が指摘しているように、「われわれは多かれ少なかれ、身体を通して世界との直接的なつながりや共感を感じてい」（p.21）るが、その一方で、我々には知的な枠組みで世界を捉えようとする側面もあり、両者のバランスの取り方は人によってまちまちであろう。村上の場合、体を通しての感覚に重きが置かれているようだ。

第1章で紹介したように、1979年4月のある日の午後、当時ジャズ喫茶を営んでいた29歳の村上が、神宮球場に野球の試合を見に行き、ヤクルトの先頭打者のヒルトンが二塁打を打った時、「そうだ、僕にも小説が書けるかもしれない」（村上 2015b, p.42）とふと思い『風の歌を聴け』を書いたという逸話は有名である。それはまさに啓示のような体験だが、その時の感覚を、村上（2015b）は「空から何かがひらひらとゆっくり落ちてきて、それを両手でうまく受け止められたような気分」（p.42）と書き記し、三十数年前のこの感触をまだはっきり覚えていると言う。

ちょうど一年後の春、『群像』の編集者から『風の歌を聴け』が新人賞の最終選考に残ったという電話を受けた後の昼下がり、村上は妻と一緒に散歩に出掛け、千駄谷小学校の近くの茂みの影で翼を怪我した鳩を見つける。そしてその鳩を両手に抱き、その鼓動と温もりを感じながら原宿まで歩き、表参道の交番に届けた。その時「たぶん新人賞を取ることになるだろうな、と僕は思った。何の根拠もない予感として」と述べている（『自作を語る』① p.VII）。

神宮球場で受け止めたひらひらと落ちてきたものも、傷ついた鳩の鼓動と温もりも、どちらも同じ手のひらにずっと記憶しているという。これは、日常の感覚を超えた、理屈では説明のできない何か絶対的なものに「触れる」体験と言ってもよいのではないだろうか。村上（2015b）は、このような感触の記憶が意味するのは、「自分の中にあるはずの何かを信じることであり、それが育むであろう可能性を夢見ること」（p.52）であると述べている。

「触れる」体験とはどのようなものか。哲学者の坂部（1983）は著書『「ふれる」ことの哲学――人称的世界とその根底』の中で、「ふれる」ことについて、「気がふれる」（p.37）という表現を取り挙げて、そこに日常の次元を超えた垂直次元、「聖なるものの次元」（p.41）との関わりを見出している。『「ふれる」ことは『単に感覚によって知覚し、指示することではなく、さらにその展開としてより深くへ侵入し、かくしてわれわれの存在のもっとも深い層にふれるためにある』」（p.20）とし、「ふれるというもっとも根源的な経験において、われわれは、自－他、内－外、能動－受動といった区別を超えたいわば相互浸透的な場に立ち会う」（p.21）と述べている。つまり、「触れる」ことは二分法の世界を超えた原初的な体験へと我々を誘うのである。

このような、体を通してのみ得られる「触れる」体験について、村上は物語の中で繰り返し描いている。例えば、「村上春樹ロングインタビュー」（2010）において、小説『1Q84』（2009-2010）の中で手を握るシーンが繰り返し出て来ることについて指摘された時「体の芯に、簡単にはさめない確かな温もりがあること、そのフィジカルな質感がそなわっていること、それが大事だと思うんです」（p.36）と述べ、「体の芯の温もりみたいなもの」（p.36）の「フィジカルな記憶」（p.36）こそが人間に救いをもたらしうると言及している。

物語のみならず、インタビューやエッセーでの語りにおいても、村上の表現には体を通しての描写が多い。例えば、『風の歌を聴け』（1979b）『1973年のピンボール』（1980a）に続く3作目の『羊をめぐる冒険』（1982）を書き終えた時に持った、小説家としてやっていけるという自信について、「頭の中でこねまわす理屈ではなくて、両手ではっきりと感じることのできるフィジカルな手応え」（『自作を語る』② 1990a, p.VII）と形容している。また、短編「螢」については、「服がぴったりと体に馴染んでいないという感覚がずっとつきまとっていた」（『自作を語る』③ 1990d, p.XII）と記されている。

また、「［短編を書いている時］僕が考えているのは、その話が自分の体にしみるかどうかということだけである。もしそれが体にしみれば、それは僕にとって意味のある話であり、しみなければ、それは僕にとって意味のある話ではない」（『自作を語る』⑧ 1991a, p.III）と、体とつながった言葉を大切にし、言葉への自らの身体レベルの反応の重要性を強調している。こうした表現は、読み手が自らの体に開かれながら読んでいると、我々の体にも訴えかけてくる。

村上は、外界のものを、体を通して取り入れ、そこから生じてきたものを言葉にし、物語を語るのである。また、川上未映子との訊き語り『みみずくは黄昏に飛びたつ』（2017）の中で、『海辺のカフカ』を書いた時のことを語っている。「……僕が十五歳だったときにどんな匂いを嗅いでいたとか、どんな空気を吸っていたとか、どんな光を浴びていただとか、そういうことはわりによく思い出せるんです。……フィジカルなことはわりによく覚えていたな。風の肌触りとか、音の聞こえ方だとか、そういうものがありありと身体的に蘇ってくる。……そういうフィジカルな記憶を辿りながら物語を書いていくのは、すごく楽しいことでしたね」（pp.132–133）と。これは、15歳の少年を内側から体験しながら、五感を通して体の記憶を辿る作業であろう。おそらく自我が忘れてしまっていることも、体は覚えているに違いない。それはいわゆるクロノロジカルな記憶ではなく、体に深く刻みつけられた記憶であるが。村上は「楽しいこと」と言っているが、おそらくかなり時間のかかる、消耗する作業でもあるだろう。「長編小説を書くという作業は、根本的には肉体労働であると僕は認識している」と、村上（2007/2010, p.118）は断言している。すべての作家にとってそうであるのかはわからないが、少なくとも村上のような書き方をする作家にとって、長編小説を書くことはまさに肉体労働と呼ぶにふさわしい、と私は考えている。

アメリカ人によるインタビュー（「小説家にとって必要なものは個別の意見ではなく、その意見がしっかり拠って立つことのできる、個人的作話システムなのです」）の中で村上は、

> ……［『ねじまき鳥クロニクル』の］主人公のオカダ・トオルが行ったように、ときとして我々はたった一人で深い井戸の底に降りていくしかありません。そこで自分自身の視点と、自分自身の言葉を回復するしかないのです。（初出 2005/2012a, p.385）

と述べているが、これこそが村上が始まりから目指して来たことである。自らの救済のために。『風の歌を聴け』の中の、「正確な言葉は闇の奥深くへと沈みこんでいく」という吐露の後に、語り手である一人称の「僕」に、次のような期待と予言を伸びやかに語らせている。これは、言葉に身体性を取り戻せるその日のことを述べているように思える。

弁解するつもりはない。少くともここに語られていることは現在の僕におけるベストだ。つけ加えることは何もない。それでも僕はこんな風にも考えている。うまくいけばずっと先に、何年か何十年か先に、救済された自分を発見することができるかもしれない、と。そしてその時、象は平原に還り僕はより美しい言葉で世界を語り始めるだろう。（p.8）

そのために、この後、走ることで体を鍛える習慣を確立し、海外で暮らし日本社会から自らを隔離し、それとともに外から日本を見る経験をし『ねじまき鳥クロニクル』（1994-1995）を書くことを通して、自らも「壁抜け」ができるようになる。そして地下鉄サリン事件の被害者及び関係者にインタビューをし『アンダーグラウンド』（1997/1999）と『約束された場所で —— underground 2』（1998/2001）を書き、河合隼雄との出会いが必要であった。

村上は自らの創作について雄弁である。もちろん、彼は日本国内では、マスメディアに答えたり、人前に出たりすることは極めて稀であるが、物語という手法を用いて多くを語ってくれている。村上は自分の文体の確立についても繰り返し物語り、それはもはや「村上春樹の文体確立物語」と呼ぶことさえできるのではないだろうか。

すでに多くの箇所を引用してきた、１９８５年の『文學界』に掲載された、「『物語』のための冒険」という50ページ以上に及ぶインタビューがある。これは、同年に四冊目の長編『世界の終りとハードボイルド・ワンダーランド』が出版され、特に若者たちの間で圧倒的な好評を得ているということで行われたもののようである。その中でも、物語の創作について雄弁に語っており、文体にも言及している。少し長くなるが引用してみる。

文体の話なんですけれど、これを書いた時に、文体のことでいろいろ批判されて、翻訳小説の文体であって借り物じゃないかとか……。正直言いまして、僕は、これを書く時に、どう書いていいか分からないんで、最初にリアリズムでざっと書いたんです。まったく同じ筋を同じパターンで、文体だけ、普通の既成の文体というか、いわゆる普通の小説文体で書いたんですよ。で、読み直してみたら、あまりにもひどいんで、これはどこかが間違っているはずだという気がしたんです。最初のそれを書いている時は、僕も一生懸命、小説を書こうと思う文章で書いていたんですけれど、すごく疲れるし、借り物みたいな気がして……。それでまず英語で少し書いて、それを翻訳したら、あ、これだったら楽に書けるな、という気がして、そのあとずっ

と、その文体で書いたんです。……（村上 1985c, p.49）

この時点では、２０１５年、『職業としての小説家』において語られている「村上春樹の文体確立の物語」に見られるような、文体と身体に関する深い洞察は見出せない。１９７８年に『風の歌を聴け』を書き始めた時の体を通しての記憶を、繰り返し語り直すたびに体験が深められていったのであろう。

村上は、河合隼雄物語賞・学芸賞創設記念の特別寄稿「魂のいちばん深いところ——河合隼雄先生の思い出」（2013）の中で、「……僕が『物語』という言葉を使うとき、僕がそこで意味することを、本当に言わんとするところを、そのまま正確なかたちで、総体として受け止めてくれた人は、河合先生以外にはいなかった」（p.106）と述べている。河合隼雄との対談は、村上にとって、創作の上でもとりわけ大きな意味を持ったと思われる。

第5章 記憶・イメージ

Ⅰ 「タンジブル（tangible）」な記憶

村上春樹は、小説の中、インタビューの中、随筆の中で、繰り返し「記憶」という言葉を好んで用いるという印象がある。我々は、日々、見たこと、聞いたこと、感じたこと、体験したことを忘れていく。ほとんど瞬時に、である。そんなことはないと言われるのであれば、今日一日のことを振り返ってみて、どれだけのことを覚えているかを辿ってみるとすぐに納得できるであろう。朝目を覚ましてはじめに目に入ったものは何だったか、体をどのように動かして起き上がったのか。右手をついたのか、左手をついたのか、どちらの足から立ち上がったのか、……我々はほとんど何も覚えていない。その日見たもの聞いたことについても、特別に印象に残っていない限り大半は忘れてしまう。しかしそれらは消えてなくなってしまうのではなく、記憶として各人の中に蓄積されていく。
心理療法での体験を通して、私は、個人が語る人生の物語は、その人の「記憶」の集積から成っているということを実感してきた。村上にとって「記憶」の意味するものとはいったい何なのだろうか。彼の創作方法についての語り、あるいは彼の物語の中に「記憶」をめぐる深い洞察を見出すことができる。第5章では、まずそれらの幾つかを取り上げて読み解き、彼の記憶の古層にあるものを探り、それがどのように創作に反映されているのかについて考察を試みる。

村上が「記憶」という言葉を用いる時、それは通常の、ただ覚えているという意味での「記憶」ではないことがしばしばある。すでに何度も述べてきたが、まず、村上が小説を書くようになった時の逸話を再度取り上げ、彼の意味する「記憶」について考えてみたい。

1978年4月の昼下がり、当時29歳の村上は神宮球場で野球の試合を見ていた。この時生じた数々の不思議な符合について詳細は繰り返さないが、ちょうどバッターのヒルトンが二塁打を打った時、村上が、啓示（epiphany）のように「僕にも小説が書けるかもしれない」と思ったという逸話は、今日では有名である。翌年春、『群像』の新人賞の最終選考に残ったという電話を受けた後、夫婦で散歩に出かけた際、村上は羽に傷を負って飛べなくなった鳩を見つけ、その鳩を両手に抱いて表参道の交番に届けた。村上（2015b）は、これらの体験の記憶について『職業としての小説家』の中で次のように語っている。

僕は三十数年前の春の午後に神宮球場の外野席で、自分の手のひらにひらひらと降ってきたものの感触をまだはっきり覚えていますし、その一年後に、やはり春の昼下がりに、千駄谷小学校のそばで拾った、怪我をした鳩の温もりを、同じ手のひらに記憶しています。そして、「小説を書く」意味について考えるとき、いつもそれらの感触を思い起こすことになります。僕にとってそのような記憶が意味するのは、自分の中にあるはずの何かを信じることであり、それが育むであろう可能性を夢見ることでもあります。そういう感触が自分の内にいまだに残っているというのは、本当に素晴らしいことです。（p.52）

ここでの「記憶」とは、すでに述べたように、ただ覚えているという通常の意味での記憶とは明らかに違う。神宮球場での体験は、その瞬間に、どこからともなく得た直観的な確信のようなものであり、おそらく何故と問われても説明できるものではないであろう。その時「自分の手のひらにひらひらと降ってきたもの」は、もちろん直接手で触ることができるわけではなく、あるいはそれゆえに、ずっと手のひらに残る確かな「記憶」なのである。次の、傷ついた鳩の温もりは、体を通して伝わって来たものであり、これも手のひらに残り続ける。それは、もし村上が見つけて助けなければ消えてしまうかもしれない、小さな命の温もりの「記憶」である。それとともに、これは村上の中に生まれつつあった何かが、これから育むであろう可能性の息吹の「記憶」でもある。直観にしろ、命にしろ、可能性にしろ、逆説的ではあるが、実体がないからこそ余計に鮮明に感じられるということもある。村上が好んで用いている「タンジブル tangible な（触知できる）」（村上 2003, p.493, 村上 2010, p.45）という英語の単語を用いてこれらを「tangible な記憶」と表現してみてもよいかもしれない。実体がないものに触れ、何かを感じ取るには集中力が必要である。このような「記憶」は、個人の存在の根底に刻みつけられ、生涯にわたってじわじわと力を発揮し続けうる。

今日のように情報量が多く、変化のスピードが速い社会においては、多くの出来事は、ただその時、通り過ぎていく一過性のものとして体験されることが多いように思われる。そのような中で、ある体験を大切に自分の中に深く長く留め、その意味を感じ続けることができるのは、その人自身の力に外ならない。かつて巷で「生きる力」という言葉が流行っていた頃、あまりにも浅薄な理解のまま多用されていると感じていたが、上述したような「tangible な記憶」こそが、本当の意味で「生きる力」を生み出しうるものではないかと思う。しかし、このような体験の「記憶」は、本人が意図して残せるものではないし、努力でどうこうなるものでもない。やはり個人の中に、そのようなことが起こりうるための土壌がないと、このような「記憶」も留められることなくすぐに葬り去られてしまう。村上春樹にはそのような土壌があったということである。それがどのようなものであるかは、本章後半で彼の記憶の古層を掘り下げていく中で明らかになるであろう。

２００９年から２０１０年にかけてＢＯＯＫ１、２、３と出版された長編小説『１Ｑ８４』の二人の主人公である天吾と青豆は、幼少からともに孤独で抑圧的な生き方を強いられて来た。10歳だったある日、彼らは誰もいない放課後の小学校の教室で黙って手を握り合う。その後彼らは離れ離れになり、幾多の苦難に遭遇するが、その時に感じた「体の芯の温もり」の記憶によって彼らは最終的に救われる。

この件について、第4章でも引用したが、村上（2010）は「体の芯に、簡単にはさめない確かな温もりがあること、そのフィジカルな質感がそなわっていること、それが大事だと思うんです」（p.36）と述べている。これは上述した「tangible な記憶」が、物語の中に描かれている一つの例として捉えることができるであろう。

村上（初出 1998/2012）は、「現実的なものをすべて取り去ったあとに、脳に浮かびあがった記憶だけに頼って、あらためて情景を描写しています」（p.42）と述べている。つまり村上は、具体的な体験や状況をそのまま直接描写するのではなく、彼自身が体験したフィジカルな質感が備わった「温もり」の記憶を、天吾と青豆の人生の文脈の中に描いたのではないかと思われる。このように、村上自身の個人の具体的な状況が取り去られることで、村上の「記憶」でありながら多くの人が共有することのできる、個人を超えた集合的な「記憶」の物語になっていると言えるであろう。

Ⅱ　『ノルウェイの森』に見る記憶

村上は、『ノルウェイの森』（1987/1991）を、１９８６年10月に日本を離れ――彼はこれを〝exile（亡命、流浪）〟と呼んでいる――、ギリシャのミコノス島で書き始め、翌春ローマで書き上げたという。これは11章から成る長編小説である。第１章は、頁数にすると全体の40分の１にも満たないが、そこには「記憶」の重要な要素が、「僕」（＝ワタナベトオル）の語りを通して提示されている。［以下『ノルウェイの森』の引用は『村上春樹全作品１９７９～１９８９⑥』からのものである］。

この物語は、37歳の「僕」が、飛行機でハンブルク空港に着陸しようとしているところから始まる。37歳といえばもう若くはないが、いわゆる中年にはまだ少し時間がある年齢である。天井のスピーカーから流れるビートルズの「ノルウェイの森」のメロディが激しく「僕」を混乱させ揺り動かし、18年前の１９６９年の秋へと連れ戻した。音楽にはこのような力がある。「……自分がこれまでの人生の過程で失ってきた多くのもののことを考えた。失われた時間、死にあるいは去っていった人々、もう戻ることのない想い」（pp.7-8）。飛行機の動きが止まり、人々は降りる用意を始め、「僕」は我に返る。

神戸での高校時代、「僕」は友人キズキとその恋人直子との三人でよく一緒に遊んでいた。しかし、高三の5月のある日、午後の授業をすっぽかして「僕」と二人でビリヤードに行った後、キズキは突然自殺した。翌春東京の大学に入学した「僕」は寮での生活を始め、同じく東京の女子大に通っていた直子と、5月の日曜日、たまたま一年振りに電車の中で再会する。二人は休日に会うようになりデートを重ねるが、翌年4月、心を病んでいた直子は大学を休学し、京都の山奥にある療養所に入る。「僕」は直子に会いに行くが、結局その翌年の8月に直子も自ら命を絶った。

東京について寮に入り新しい生活を始めたとき、僕のやるべきことはひとつしかなかった。あらゆる物事を深刻に考えすぎないようにすること、あらゆる物事と自分のあいだにしかるべき距離を置くこと――それだけだった。（p.39）

「僕」はキズキの死とつながるあらゆるもの――例えばビリヤード台とか、火葬場の煙突から立ち上る煙だとか――を忘れようと努める。それは、初めはうまくいきそうに見えたが、

……どれだけ忘れてしまおうとしても、僕の中には何かぼんやりとした空気のかたまりのようなものが残った。そして時が経つにつれてそのかたまりははっきりとした単純なかたちをとりはじめた。僕はそのかたちを言葉に置きかえることができる。それはこういうことだった。

（p.39）

死は生の対極としてではなく、その一部として存在している。（p.40）

そのときまで僕は死というものを完全に生から分離した独立的な存在として捉えていた。つまり〈死はいつか確実に我々をその手に捉える。しかし逆に言えば死が我々を捉えるその日まで、我々は死に捉えられることはないのだ〉と。……しかしキズキの死んだ夜を境にして、僕にはもうそんな風に単純に死を（そして生を）捉えることはできなくなってしまった。死は生の対極存在なんかではない。死は僕という存在の中に本来的に既に含まれているのだし、その事実はどれだけ努力しても忘れ去ることのできるものではないのだ。（p.40）

村上は、『ノルウェイの森』について、リアリズムの文体で書くことを試みた作品であるとし、「もうこういうのは二度と書きたくない……これは僕が本当に書きたいタイプの小説ではないと思った」（村上 2010, p.22）といった内容の発言を繰り返している。村上は、これまで何度か期間限定で読者から寄せられたメールでの質問に答えるという試みをしているが、それを書籍化した『「これだけは、村上さんに言っておこう」と世間の人々が村上春樹にとりあえずぶっつける330の質問に果たして村上さんはちゃんと答えられるのか？』（2006b）の中で、「僕は『ノルウェイの森』

についてはこれまでとくに意見を書きませんでした。実を言うと、あまり書きたくなかったからです」（p.68）と述べている。しかし一方、同年に書籍化された『「ひとつ、村上さんでやってみるか」と世間の人々が村上春樹にとりあえずぶっつける490の質問に果たして村上さんはちゃんと答えられるのか？』（2006a）の中の、『ノルウェイの森』の主人公は平凡なのか？　特殊なのか？　という質問（質問251「『ノルウェイの森』の主人公」p.190）には次のように答えている。

……僕は思うんですが、誰の人生にもこういう時期や状況って、確実にあると思うんです。平凡でもあり、でも同時に特殊でもあるということが。その二者がどうしようもなく絡み合い、分かち難く並存している時期が人生には必ずあります。……僕らはその「平凡でもあり特殊でもある」時期をいったんあとにすると、それがどれくらいそのときにはリアルであったかということをだんだん忘れていきます。僕はそれを忘れたくなかった。だからこそすがりつくようにあの小説を書いたのです。僕の（あるいは我々の）魂にとっては、あの物語はそれなりにとてもリアルなことだと思いますよ。（p.191）

『ノルウェイの森』の「僕」は、キズキと直子という掛け替えのない二人を自死という形で続けて喪った。これはもちろん非常に特殊な出来事である。しかし一方で、ゆっくり距離をとって俯瞰した視点から見るならば、大切な誰かを、大切な何かを、続けて喪うということは、誰にとっても人生のある時期に起こりうることである。そしてそもそも、人生とは出会いと別れの繰り返しだと達観するならば、これは平凡なことであるとも言える。

村上は、そのような「平凡であり特殊である」時期のリアルな感覚を物語として描いておこうとしたのであろう。もちろん「僕」の体験がそのまま村上春樹の体験というわけではない。村上は自らの体験の個人的、具体的な状況を取り去った、その奥にある何か――それを私は「魂のリアリティ」と呼びたい――を、物語として描いたのではないだろうか。それを留めておくために、自らの救済のために、村上はそれを物語として書いた。村上はリアリズムの小説を一度書いておく必要があったと繰り返し述べているが、ただ単にそれは表現様式のことだけではないのではないだろうか。彼が作家として、次に行くための一つのステップとしてどうしても必要な作業でもあったのではないかと思われる。そして、第3章で述べた在と不在という普遍的なテーマが、『ノルウェイの森』という物語の中で繰り返されているとも言えるであろう。

再び物語に戻る。18年前の10月、「僕」は京都の療養所にいる直子に会いに行き、二人で草原を歩いた。歩きながら直子は井戸の話をした。井戸は、村上にとって原点とも言えるデレク・ハートフィールドの短編「火星の井戸」からずっと重要なテーマとしてある。そして、

記憶というのはなんだか不思議なものだ。その中に実際に身を置いていたとき、僕はそんな

風景に殆んど注意なんて払わなかった。とくに印象的な風景だとも思わなかったし、十八年後もその風景を細部まで覚えているかもしれないとは考えつきもしなかった。正直なところ、そのときの僕には風景なんてどうでもいいようなものだったのだ。……（p.9）

でも今では僕の脳裏に最初に思い浮かぶのはその草原の風景だ。草の匂い、かすかな冷ややかさを含んだ風、山の稜線、犬の鳴く声、そんなものがまず最初に浮かびあがってくる。とてもくっきりと。それらはあまりにもくっきりとしているので、手をのばせばひとつひとつ指でなぞれそうな気がするくらいだ。しかしその風景の中には人の姿は見えない。誰もいない。直子もいないし、僕もいない。……（p.9）

「僕」の中にあの日の草原の風景の記憶が蘇る。それは、視覚、嗅覚、触覚、聴覚を通しての鮮やかな記憶である。しかしその風景には直子も「僕」もいない。その時、「僕」は直子のこと、自分のこと、そして直子と自分のことを考えるだけで、風景のことなど眼中になかったはずなのに。そこで「僕」はあの日の直子との井戸をめぐってのやりとりを書いてみることにする。最後に、「あの日直子は」「私のことを覚えていてほしいの。私が存在し、こうしてあなたのとなりにいたことをずっと覚えていてくれる?」「と言った」。「もちろんずっと覚えているよ」と僕は答えた。……「君のことを忘れられるわけがないよ」。……それでも記憶は確実に遠ざかっていくし、僕はあまりに多くのことを既に忘れてしまった。(pp.16–17)

以前、まだ記憶が鮮明だった頃、直子のことを書いてみようと試みた時、「僕」は「全てがあまりにもくっきりとしすぎていて、どこから手をつければいいのかがわからな」(p.17) くて一行さえも書けなかった。そのとおりだと思う。具体的な出来事の記憶が鮮明に残りすぎている時期には、まだ自分自身がその中に呑み込まれているような状態である。書くという作業には、少し距離をとって客観化する視点が必要であるため、難しいであろうことが推察できる。

体験が本当の体験として深化されるには、一般に考えられているよりもはるかに時間がかかるものだ。これは、村上 (初出 1999/2012) がインタビュー (「『スプートニクの恋人』を中心に」) の中で述べている「……フィジカルなリアクションを引き起こすには、やっぱり熟成が必要なんです。十年くらい時間を置いて書くと、書いてるうちに、風景がどんどん身体の中から染み出してくる」(pp.53–54) という作家としての彼の経験が、物語の中に描かれていると言えるであろう。

具体的な事象の記憶は、時間とともに遠のき、背景に退く。しかしそうして初めて、魂のリアリティのようなものが、その奥から浮かび上がって来うる。その間逃げてはならない。村上はそれを描いたのであろう。この物語においては、それは「死は生の対極としてではなく、その一部として存在している」という言葉に凝縮されているのではないだろうか。これは長い時間をかけた後、彼の身のうちから出てきた言葉である。

このような体験は、その人の世界の見方や生き方を根底から変え、心の深いところに存在し続けうる。これは個人の記憶であって個人の記憶にとどまらず、万人が共有しうるものである。『ノルウェイの森』は、恋愛小説という隠れ蓑をまとった、喪失、つまり在と不在の記憶の物語である。なぜ村上がこれを「すがりつくように」(2006a, p.191) 書かねばならなかったのか、書かずにはおれなかったのか。

Ⅲ　記憶の古層

1　早期の記憶の意味するもの

我々は、生まれてこのかた、意識していようがしていまいが、日々体験することを記憶として自分たちの中に蓄積しながら生きている。そして、その集積が、その人の個性や人生を形作っていると言ってもよいであろう。ここで私のいう個性とは、個人の根本的な「個」としてのありよう、存在そのもののありようのことである。ある体験が、その個人にとって深い体験として「記憶」に残る時には、その人の土壌にそれを引き受けるだけの何かがあるということでもある。

ユング(Jung [1938] 1987/1992)は、「子どもの夢のセミナー」(『子どもの夢I』所収)において、子どもの夢は人格の深みから夢見られており、大きい意味を持つとして注目した。一般的に、子どもの夢の内容には、大人の夢と比べると個人的な要素が少ないと言う。これは、大人に比べると、子どもたちはまだ現実的な体験や知識が少ない分、はるかに無意識的な世界に生きているからだと言える。上記のセミナーを編集したL・ユングとメイヤー－グラスは、大人になってから思い出された子どもの夢については、個人的なコンテクストは背景に退き、より元型的イメージと状況が前面に出てくることを指摘している（Jung & Meyer-Grass 1987/1992）。このように考えると、無意識の領域から直接に送られてくる夢のイメージは、しばしば個人を超えたものであり、生涯重要な意味を持ちうるというのは頷ける。また、現実と夢の間の境界がまだ曖昧な幼少期においては、実際の出来事だったのか、あるいは夢だったのかの区別よりも、そこでの体験のイメージそのものの方がはるかに意味を持ちうる。

私は心理療法での経験を通して、特に、その人の心の中に、自分が存在している世界――これを例えば「こちらの世界」と呼ぶことにする――と、それ以外の世界――「こちらの世界」に対して「向こうの世界」と呼ぶことにする――とがどのような関係に位置づけられているのか、という観点から、早期の記憶や夢に注目してきた（山 1999, 2000）。つまり、内的世界において「向こうの世界」と「こちらの世界」が完全に隔絶している人もおれば、両者の間に通路があり、疏通性がある人もいる。そして、その通路をどのように行き来するか、その仕方にも多様性がある。ここでは、心理療法の具体的な内容について述べることはできないが、我々の周囲を見渡してみても、「こちらの世界」の視点を重視し、そこにエネルギーを注いで生きている人と、そうではない人とがいるように見える。さらに言えば、自分が今属している社会の「今・ここ」の価値がすべてのように思っている人もいるものだ。もちろんこれは、どちらが良いとか悪いとかいったことではないのだが。

いずれにしても、その人が早期においてどのような体験をしたのか、どのような夢を見たのか、といった内容もさることながら、早期の体験や夢の記憶が、その後、その人の中でどのように捉えられどのように扱われているか、つまりその記憶が、その人の「生」の文脈の中にどのように位置づけられ、意味づけられるのか、つまり突き詰めればその人の人生においてその記憶がどのように生きられているのか、ということが極めて重要な意味を持つと考えている。もちろん、実は、早期の記憶だけではなく、あらゆる記憶は同様にそのような側面を持つと思われるのだが。

2　村上春樹の早期の記憶

村上春樹のように、今現在創作活動を続けている人について何かを述べることはいろいろな意味で難しいし、憚られる。しかし、幸い私は個人的にお会いしたこともないので、ご本人が書かれたもの、述べられたりしたものから拾い上げたものの範囲で考えてみたい。

村上のもっとも早期の記憶についてはすでに第3章で取り上げたが、これをめぐって、インタビュー（「村上春樹ロングインタビュー」『小説新潮』臨時増刊『個人的意見』１９８５年夏）において次のようなやりとりが残されている。

──あなたの最初の記憶について。

村上：最初の記憶……あのね、僕が二つか三つの時に川に落ちたの。川に落ちて流されてね、もう少しで暗渠に入るところで見つけられて助かったんだけど、その暗闇を覚えているね。それが最初の記憶。いやな記憶ですね。

──家のそばの川ですか？

村上：そうです。家の前に川があって、そこに落っこちたんですね。目線を覚えてるんですよ。川の底でしょう、で、水がずっと上にあって、上を見ている記憶があるんです。（pp.23–24）

この事件の事実がどのようなものであったのかはわからないし、その時、村上がどのくらい実際に「死」の近くまで行ったのかは知る由もない。しかし、重要なのはそのようなことではない。川（＝水）に落ちて、何かがぱっかりと開いてこの世のものではない暗闇を見てしまうという圧倒的な体験が、彼の中に、鮮やかなイメージとして、何十年もの間ずっとリアルに残り続けていることこそが大事なのである。このような早期の記憶は、個人の記憶の古層にあると言ってもよいであろう。もっとも、我々の心の中には、なかなか到達することのできないイメージの連鎖が、さらにずっとその奥深くに続いているのだが。

第3章でも触れたように、幼い頃に、川に落ちて溺れそうになる経験をした子どもが、後に「向こうの世界」に足を踏み入れるというテーマは、宮崎駿監督の『千と千尋の神隠し』（2001）に見ることができる。主人公の10歳の少女千尋は、両親とともに引っ越し先へ向かう途中、偶然に神々の世界（＝「向こうの世界」）へ迷い込んでしまう。タイトル通り「神隠し」に遭ったのである。『千と千尋の神隠し』は公開後15年以上経っても、今なお日本歴代興行収入第1位の座に居続けているし、その後の、ほぼ隔年でのテレビ放映においても20パーセント前後の高い視聴率を得続けている。また、海外――英、米、豪、中国、韓国、台湾など――でも公開され、非常に人気が高く、アカデミー賞を初め幾つかの賞を受賞していることから、海外での評価も高いと言えるであろう。

私は、以前（2016年1月）、イギリスとオーストラリアの研究者たちから、自分たちが編集する本に、日本の映画を取り上げてユング心理学の視点から何か書いてもらえないかという突然の依頼を受けたことがある。さてどの作品を取り上げるか、ということで先方といろいろやりとりをした。第一の条件としては、海外の読者がある程度知っている作品であること。そしてわざわざ日本の作品を取り上げるのだから、海外の人に興味深く思ってもらえる日本独特の何かを要素として持っていること、しかもそれが彼らに伝わりうるものであること、などを念頭に置いて、『千と千尋の神隠し』を挙げてみたところ二つ返事で決まった。（この一編は“Spirited Away and its depiction of

Japanese traditional culture" として *The Routledge International Handbook of Jungian Film Studies*（2018b）に所収）。日本への留学生、海外の研究者やサイコセラピストたちも、たいてい『千と千尋の神隠し』のことは知っていて、特に若い世代では、子どもの頃に何度か見たことがあるという人も多い。この作品には、アニメという表現様式も含め日本独特の文化的な要素が多くあるのと同時に、その物語には何か普遍的な要素もあるのではないかと思われる。村上春樹の早期の記憶との関連で言えば、幼少期に、川（＝水の世界、これも「向こうの世界」である）に落ちて溺れそうになった経験のある子どもが、10歳という前思春期に当たる年齢になった時に、再び「向こうの世界」に偶然足を踏み入れるというストーリーが、国や文化を超えて人々の心に響き、受け入れられているのではないだろうか。

もちろん、幼少期に川に落ちて溺れそうになる子どもは少なからずいるだろう。要は、その体験が、本人の中でどのように「記憶」として残っているか、つまりそれがどのように生きられているか、である。千尋は、川で溺れそうになったことも、ハクに助けられたこともすっかり忘れていた。しかし、湯屋でオクサレサマを接客した際に風呂の湯が溢れて溺れそうになった時、そして白龍（＝ハク）の背中に乗った時、千尋の中で、川に溺れ、その川の神様だったハクに助けられた幼い日の「記憶」が体の感覚を通して少しずつ蘇った。そして結果的に、千尋の記憶が蘇ったことで、ハクも千尋も、周囲の人々も皆救われたのである。登場人物の一人である銭婆の「一度あったことは忘れないものさ。思い出せないだけで」という言葉は、千尋のことを考える上でも、また村上のことを考える上でも、我々一人一人が自分のことを振り返ってみても深い意味を持って響く。銭婆のこの言葉は、我々にとって重要でかつ本当は難解な記憶についての真実を、子どもたちにもわかる平易な言葉で述べているものの好例ではないだろうか。

井上（1999）は、著書『村上春樹と日本の「記憶」』の中で、村上と水との関わりについて探るのに、村上が子ども時代を過ごした西宮と芦屋の、特に川をめぐっての資料（『西宮市史』、「神戸新聞」など）に丁寧に当たっている。その中に、父親の同僚の息子だった6歳の幼稚園児が、川に落ちて溺死した事件の記述がある。当時彼は、村上と同い年で二人は友だちだったようだ。この件に触れていると思われる「五月の海岸線」（1981/1991）というタイトルの短編がある。この物語の語り手で主人公の「僕」は、友人の結婚式のために久しぶりに子どもの頃暮らした街に帰り、今は埋め立てられて消えてしまった海岸線に立って過去を回想する。

　海岸には年に何度か溺死体も打ち上げられた。……［打ち上げられる溺死体の話が続き］、その中の一人は僕の友人であった。ずっと昔、六歳の頃のことだ。彼は集中豪雨で増水した川に呑まれて死んだ。春の午後、彼の死体は濁流とともに一気に沖合へと運ばれ、そして三日後に流木と並んで海岸に打ち上げられた。
　死の匂い。

六歳の少年の死体が高熱のかまどで焼かれる匂い。

四月の曇った空にそびえ立つ火葬場の煙突、そして灰色の煙。

存在の消滅……（「五月の海岸線」『村上春樹全作品1979〜1989⑤短編集Ⅱ』所収 p.109）

かつて川に落ちた自分（村上）は、「向こう」の暗闇を一瞬垣間見る体験をしただけで「こちら」に戻って来た。しかし同じように川に落ちた友人は、呑まれて亡くなり、その存在は「こちらの世界」から忽然と消滅した。在と不在、生と死の境界が、友人と村上を決定的に分けた。第3章で「村上にとって、『在と不在』は中核的なテーマの一つである」と述べたが、自分は生きている（＝在）、しかし友人は死んだ（＝不在）という早期の強烈な体験の記憶が村上の創作の根底にある、と私は考える。

3　村上春樹と父親

さらに、もう一つ村上の記憶の古層と関わるものとして彼の父親のことを取り上げておきたい。エルサレム賞受賞の挨拶「壁と卵」（初出 2009/2011a）の中で、それまでほとんど家族のことを語らなかった村上が珍しく自分の父親のことを述べている。第3章でも取り上げたが、今一度繰り返して記す。

私の父は昨年の夏に九十歳で亡くなりました。彼は引退した教師であり、パートタイムの仏教の僧侶でもありました。大学院在学中に徴兵され、中国大陸の戦闘に参加しました。私が子供の頃、彼は毎朝、朝食をとるまえに、仏壇に向かって長く深い祈りを捧げておりました。一度父に訊いたことがあります。何のためにに祈っているのかと。「戦地で死んでいった人々のためだ」と彼は答えました。味方と敵の区別なく、そこで命を落とした人々のために祈っているのだと。父が祈っている姿を後ろから見ていると、そこには常に死の影が漂っているように、私には感じられました。

父は亡くなり、その記憶も――それがどんな記憶であったのか私にはわからないままに――消えてしまいました。しかしそこにあった死の気配は、まだ私の記憶の中に残っています。それは私が父から引き継いだ数少ない、しかし大事なもののひとつです。(p.79)

その時の父親の姿を通して、村上の心の奥深くに死者の魂への祈りの記憶が刻みつけられたのであろう。そして彼が父親から聞いた中国大陸での戦争体験の話は、実際体験はしていない村上が、想像することを通して、イメージの源泉として彼の中に蓄積されていたと考えられる。村上春樹の父親はもうこの世には存在していない。それではその記憶も消えてしまったのか。いや、村上が述べているように、その記憶は死の気配として村上に引き継がれた。村上(初出 1997/2012)は、それを、インタビューの中で「いわば遺産のようなもの……。記憶の遺産」(p.12)と呼んでいるが、彼が父親から受け継いだのは、父親個人の具体的な記憶というよりは、人類の深い悲しみとでも言おうか、その背後にある魂のリアリティの記憶であり、それは人類にとって普遍的に共有されうるものでもある。

10歳の頃、父親に句会のために連れられて行った琵琶湖の近くにある芭蕉の庵での自らの体験を、村上（1981）は「八月の庵　僕の『方丈記』体験」として記している。

句会が行われているあいだ僕は一人で縁側に座り、藪蚊を叩きながらぼんやりと外の景色を眺めていた。そして人の死について思った。……そのような隔絶された場所に連れてこられたのははじめてだったので、そこにかつて隔絶されて存在した生というものを強く意識することになったのである。昔々ここにひとつの生が存在し、その生を断ち切った死が存在した。……僕にとっての死とは、自分とは関係のない偶発的な、そしておそらくは不幸な、事件にすぎなかったのである。しかしその庵にあっては、死は確実に存在していた。それはひとつの匂いとなり影となり、夏の太陽となり蝉の声となって、僕にその存在を訴えかけていた。死は存在する、しかし恐れることはない、死とは変形された生に過ぎないのだ、と。（p.49）

日常から隔絶された、しかも芭蕉ゆかりの庵という特別な場所。当時10歳の村上にとって、その場所がどれほど特別なものとして捉えられていたかはわからないが、俳句サークルの学生たちは、何か非日常的な時間を求めてそこに集まっていたであろう。この年代の子どもたちは、大人よりもはるかに、目に見えないものに潜む「何か」に対して敏感に繊細に感じとるものである。独特の空気感の中で、10歳の村上が感じた圧倒的な死の存在の訴えかけは、間違いなく体に残る記憶である。この幼い日の記憶は、『ノルウェイの森』の中の「死は生の対極としてではなく、その一部として存在している」という一文の中に、凝縮されて表現されているように思われる。

すでに第3章で述べたように、1958年8月村上の祖父は電車の事故で亡くなっている。村上が9歳の時である。ということは、ちょうど翌年の8月、芭蕉の庵でのこの体験が生じたということになる。生前の祖父と村上の関わりがどのようなものであったのかはわからないが、元気だった祖父が突然亡くなるという一年前の出来事は、この『方丈記』体験をもたらす一つの要因だったとしても不思議ではない。

また、一般的に、思春期に入る一歩手前の10歳とはちょうど自己意識が芽生える年頃だとも言われている。そう言えば『1Q84』の青豆と天吾が放課後手を握ったのも10歳だった。

ひょっとしたらこのような記憶は、掘り起こしてみるならば、決して少なくはない人々に共有されているものかもしれない。多くは、大人になる段階ですっかり忘れてしまったと思い込んでいるだけなのではないだろうか。村上春樹の物語を読むことで、直接思い出すことはなくても心の深いところで何かが刺激されるのかもしれない、と思う。村上の物語はそのような力を持っている。

心理面接とは、定期的に日常から離れて自分自身を見つめる時間を持つ機会を与えてくれる。面接経過の中でそのような記憶が呼び覚まされ、クライエントから語られることも少なくはない。死というものに対しての感受性とでも言おうか。通常、すぐに忘れ去られ、その後特に記憶の中に留まることはないような体験に対して、村上は意識的であり、しかもそれをずっと記憶し続けていることが重要なのである。

さらにもっと言えば、体験の記憶をこのように言葉で表現できること、物語として語れること、そしてそれを読んでくれる読者がいることも大切である。このような体験を通して、村上は直接出会ったことのない読者と深いところでつながることができるからである。このことと関連して、村上（初出 2003/2012c）は興味深いことを述べている。

「物語を立ち上げる作業はそれぞれ異なる」。ところがたとえば僕がどんどん、どんどん深く掘っていってそこから体験したことを物語にすれば、それは僕の物語でありながら、Aという人の持っているはずの物語と呼応するんですよね。Aには語るべき潜在的な物語があるのに、有効にそれを書けなかった、語ることができなかったと仮定して、そこで僕がある程度深みまで行って物語を立ち上げると、それが呼応するんです。それが共感力というか、一種の魂の呼応性だと思う。もし僕がそれである程度、自分が物語を立ち上げたことで癒された部分があるとす

れば、それはあるいはAという人を癒すかもしれない――ということがあるわけです。(p.120)

さらに重要なのは、その際に本当に暗い、悪の部分にまで行かずに適当なところで切り上げたのでは、このような共感はなかなか生じないと述べている点である。この点についてはあらためて後述する。

4　日本の古典文学

一般的に、村上春樹の作品はアメリカ文学の影響を強く受けているという指摘を受けることが多い。実際彼は、高校時代からペーパーバックでアメリカ文学を多く読んでいたし、また国語教師だった両親への反抗からか、子どもの頃から欧米文学や世界の歴史の本ばかりを読んでいたと言う。しかし一方で、まだ村上が自分自身のことを比較的自由に語っていた初期の頃の、村上龍との対談『ウォーク・ドント・ラン――村上龍 vs 村上春樹』(1981)の中で、小さい頃から食卓の話題が『万葉集』だったり、『枕草子』や『平家物語』を覚えさせられたりしていて今でも全部暗記している、といった話をしている。

『平家物語』は、もともと盲目の僧侶が琵琶の音に乗せて語ったものである。歌や語りは言葉に音楽的な要素を伴い、言葉だけの時よりも体に訴えかけてくる。音楽は、言葉と体とをつなぐ力を持っているといってもよいだろう。しかも日本文学者の木村(2011)によれば「かつて平家語りは、霊を呼び寄せ、鎮魂するために行われた」という。幼くて言葉の意味自体はまだよくわからない頃だったからこそ、日本の古典の持つリズムや語調が、そのままの形で村上の中に体の記憶として残っているのではないかと思われる。また、中学、高校時代には、父親に、万葉集から西鶴に至るまで古典を教えられたことも言っている。

『人と文学　村上春樹』（平野 2011）には『風の歌を聴け』が『群像』の新人文学賞を受賞した時の選考委員の選評が記されているが、興味深いことに、選者の一人であった丸谷才一が「日本的抒情によって塗られたアメリカふうの小説」（p.35）と述べている。この時点で、丸谷は、何か日本的なものを村上の作品の中に感じ取っていたということである。それが「日本的抒情」と呼ぶのがふさわしいかはともかくとして、私も村上の基本的な世界の見方や創作方法の根底に、西洋近代自我の存在を前提としない姿勢が見てとれると考えている。これはすでに第1章で取り上げた、村上の「僕の自我が……」と言うのではなく、「僕の自我がもしあれば……」と言わずにはおれない、「自我」の存在に対しての不確かな感覚にも通じるものである。

周囲から、文体は翻訳調だが日本的であるという指摘を受けるようになり、村上は「昔父親に読まされた古典の幾つかをぽつぽつ読み返すようになった」が、具体的に読み返すものとしては『平家物語』、『雨月物語』、『方丈記』の3編のみであると述べている（村上 1981, p.50）。村上春樹はこれらから何を受け継いだのだろうか。

『雨月物語』

『雨月物語』に関しては、村上は、そこに見られる現実と非現実の境界のあり方の魅力について、繰り返し言及している（村上 初出 2003/2012c など）。村上は、これまでに何度か定期的に期間限定で読者とメールのやりとりをしてそれを書籍にして出版しているが、その中の一冊、『村上さんのところ』（2015a）には「（村上が）小さい頃に読んだ、記憶に残る本」を尋ねる読者からの質問（2015年2月6日付）がある。村上はそれに対して

……小学生のころ、熱を出して学校を休んでいて……布団の中でひとりで本を読んでいたのですが、それが子供向きにリライトされた『雨月物語』でした。そのとき読んだのが「夢応の鯉魚」で、本を読みながらそのまま寝入ってしまって、ものすごく濃密でヘビーな夢を見ました。汗だくになって目を覚ましました。……それ以来僕は『雨月物語』にとりつかれているようなものです。……（p.35）

と答えている。

『雨月物語』（1776/2006）は、江戸時代後期、上田秋成（1734–1809）によって著された9編からなる怪異小説であり、「夢応《むおう》の鯉魚《りぎょ》」はその中の一編である。

【夢応の鯉魚　あらすじ】

絵が上手な三井寺の僧が、自分が鯉と一緒に泳ぐ夢を見て、それを絵に描いて「夢応の鯉魚」と名づけて飾っていた。ある時この僧侶は病気になり亡くなるが、三日後に蘇生して次のような話をする。歩いているうちに湖畔に出て泳いでいたところ、一匹の大魚がやって来て、「湖の神の仰せがあった。（その僧侶は）放生の功徳が多いので、金色の鯉の服を授けて水中の楽しみをさせてあげる。ただ餌の臭いに惑わされて釣り糸にかかって身を滅ぼすことのないように」と言う。鯉になった僧は、琵琶湖をあちこち泳いで遊ぶ。空腹になり、知人の文四が垂れる餌を呑み込むと、文四は釣り糸を引き上げ、僧侶を捕まえた。僧侶は大声で叫ぶも誰も素知らぬ顔をしている。ついに料理人が包丁を持って、まな板の上で切ろうとした時、「助けてくれ」と泣き叫ぶも誰も聞いてくれない。ついに切られたと思った時に夢から覚めた。人々は、魚の口が動いたようだが、声は出すことはなかったと言い、僧は病気が治り天寿を全うしてこの世を去った。臨終の際、これまで僧侶が描いた鯉の絵を湖に散らしたところ、絵の魚が抜け出して水中を泳ぎ回った。

三井寺の僧が、死と生の世界の間を、隔たりを感じさせずに行き来している様と、鯉が湖を伸びやかに泳いでいる姿とが重なり、夢か現かの境界のあたりの不思議な身体感覚を伴うイメージが立ち上がる。また僧と鯉の間の境界も曖昧である。村上の見た「濃密なヘビーな夢」というのがどのようなものであったのかはわからないが、おそらく、このような物語のイメージが、発熱のため通常よりもさらに意識の水準が低下して寝入った村上少年の中に、そのまま取り入れられたのではないかと思われる。これは、深いレベルの『雨月物語（夢応の鯉魚）』体験と言えるだろう。そして、村上にはこのような感受性が備わっていたということでもある。幼少期にこのような夢の体験をする人はある程度いるであろうが、大人になってもこのことを記憶している人は多くはないのではないか。

『雨月物語』を通して、村上（初出 2003/2012c）は日本人のメンタリティについて「現実と非現実がぴたりときびすを接するように存在している。そしてその境界を超えることに人はそれほどの違和感を持たない」（p.100）と指摘している。これは、かつて河合隼雄（1982a）が、『昔話と日本人と心』の中で、日本の神話や昔話を分析し、「日本人にとって他界と現実界との障壁は思いの他に薄いものなのであった」（pp.167–168）と述べ、そこに日本人の自我のあり方が反映されていると考えたこととも重なり、興味深い。

『海辺のカフカ』（2002）の23章には、主人公の「僕」が『雨月物語』の「菊花《きっか》の約《ちぎり》」のあらすじを聞くところがあったり、30章には「貧福論」の一節が出てきたりする。また『騎士団長殺し』は、同じ上田秋成著の『春雨物語』の中の「二世《にせ》の縁《えにし》」をモチーフにしている。しかし、『雨月物語』や『春雨物語』の村上への影響は、このような具体的に目に見えることだけではない。むしろ、秋成が示した世界観が、村上の作品の基底に深く影響を及ぼしている点に注目することが重要である。その世界観とは、「こちらの世界」と「向こうの世界」あるいは「生の世界」と「死の世界」

の間の境界が必ずしも明確なものではない、と言うことも可能であろう。私の専門である深層心理学で言えば、「意識」と「無意識」の間の境界の曖昧さとも言えようか。

『平家物語』と『方丈記』

『平家物語』は、平清盛が太政大臣になり栄華を極めた時から、壇ノ浦で滅亡するまでの平家一族の栄枯盛衰を、盲目の琵琶法師が琵琶に乗せて語ったものであり、口承で伝承されてきた軍記物語である。冒頭は有名な「祇園《ぎをん》精舎《しやうじや》の鐘《かね》の声《こゑ》、諸行《しよぎやう》無常《むじやう》の響《ひび》きあり、沙羅双樹《しやらさうじゆ》の花《はな》の色《いろ》、盛者《じやうしや》必衰《ひつすい》の理《ことわり》をあらはす。おごれる者久《ものひさ》しからず、ただ春《はる》の夜《よ》の夢《ゆめ》のごとし。猛《たけ》き人《ひと》もつひには滅《ほろ》びぬ、ひとへに風《かぜ》の前《まへ》の塵《ちり》に同《おな》じ」（角川書店編 2001）から始まる。そこには独特の無常観、人生観が凝縮されている。特に平家琵琶の哀愁を帯びた音色に乗った語りは、言葉の意味の詳細はわからない子どもの中にもそのまま染み入るのではないだろうか。

『１Ｑ８４』ＢＯＯＫ１の第20章で、小説『空気さなぎ』を書いたふかえり（深田絵里子）は、天吾に、『平家物語』の壇ノ浦の合戦の場面を暗唱する。彼女は宗教法人「さきがけ」のコミュニティの中で育ち、10歳の時に逃亡したディスレクシアの17歳の美しい少女である。

１１８５年に壇ノ浦で行われた合戦の様子が語られる。追い詰められた平家の船には次々と源氏軍が乗り移り、平家側の水手、舵取りたちは殺され、船は迷走し始める。平家の総指揮官知盛は「もはやこれまで」と告げ、見苦しいものを残さぬようにと、船の掃除を命じる。二位殿（清盛の妻・安徳天皇の祖母）は、喪服用の衣をかぶり、神璽と宝剣を身につけ、数え年八歳の安徳天皇を抱いて入水する。「私をどこへ連れて行くのか」と言う天皇に、二位殿は「この世の運が尽きたので、西方浄土にお連れします」と答える。東を向いて伊勢神宮を遙拝し、西を向いて念仏を唱える安徳天皇を、二位殿は「波の下にも都がございます」と慰め、海底深く沈んでいった。平家一族の栄枯盛衰の歴史は、我々一人一人の人生とも重なる。もちろん我々のほとんどは、死して後に名を残すことはなく、日に日に忘れられていく存在ではあるが。

ここで『風の歌を聴け』のデレク・ハートフィールドの短編「火星の井戸」を思い出していただきたい。主人公の青年はやっとのことで井戸をよじのぼり「風」と会話をする。「風」は言う。「君が井戸を抜ける間に約15億年という歳月が流れた。……光陰矢の如しさ。……つまり我々は時の間を彷徨っているわけさ。宇宙の創生から死までをね。……」（p.97）と。このような時間感覚から見れば、誰の人生も実に短く儚いものである。

また、安徳天皇が二位殿に抱かれて水中深く沈みゆく姿は、川で溺れそうになった村上の早期の記憶をも想起させる。ふかえりは、物語の中で、この世とあの世を仲介する巫女のような役割を持つ少女である。なぜ小説『１Ｑ８４』の中で、ふかえりの口を通して、村上はこの場面を暗唱させたのであろうか。

一方、有名な「ゆく川の流れは絶えずして、しかももとの水にあらず。よどみに浮かぶ泡沫は、かつ消えかつ結びて、久しくとどまりたるためしなし」で始まる鎌倉時代、鴨長明（1155–1216）の随筆『方丈記』（1212/2010）にも、移りゆくものの儚さ、無常観が語られている。

長明は、平安時代後期、賀茂御祖神社（下鴨神社）の禰宜《ねぎ》、鴨長継の次男として京都で生まれた。晩年京の郊外（日野山）に一丈四方（方丈）の狭い庵を結び、隠棲しながら当時の世間を観察して書き記したのが『方丈記』である。前半には当時都を次々襲った大火、辻風（竜巻）、遷都、飢饉、地震などの災厄の凄惨な様子が淡々と記述され、後半には50歳で出家をした後の草庵での慎ましやかな生活が語られている。子どもの頃にこのような文学に接すれば、その目に見えない影響は計り知れないのではないだろうか。10歳時の父に連れられて行った句会での体験を、村上本人が「八月の庵　僕の『方丈記』体験」と呼んでいるのも興味深い。

村上は、2011年カタルーニャ国際賞を受賞した時の受賞スピーチに際して日本人の精神性の特徴として無常観に言及している。無常とは「この世に生まれたあらゆるものはやがて消滅し、全てはとどまる事なく形を変え続ける」（村上 2011a）ことであると説明し、春の桜、夏の蛍、秋の紅葉、を例に挙げ、「私たちはその一時の栄光を目撃するために遠くまで足を運びます。そして、それらがただ美しいばかりでなく、目の前で儚く散り、小さな光を失い、鮮やかな色を奪われていくのを確認し、そのことでむしろほっとするのです」（村上 2011a）と述べている。

桜が散り、蛍が光を放たなくなり、紅葉が色を失って落ちる。そこに残るのは、束の間の栄光が通り過ぎた後の、何もない風景だけである。「螢」（1983/1990）は、後に『ノルウェイの森』の一部の下敷きになった短編である。『ノルウェイの森』の第1章で、あの時存在したもの——直子と「僕」という存在、そこでのやりとり、彼女の表情など——は記憶からは退き、風景だけが残った。かつてそこには直子がいて「僕」がいた。しかし今はもういない。「在」から「不在」へ。そこに村上春樹は、ある種の美と、安堵感を覚えるのかもしれない。

すでに取り上げたように、村上（初出 1998/2012）は風景の描写について「現実的なものをすべて取り去ったあとに、脳に浮かびあがった記憶だけに頼って、あらためて情景を描写しています。このようにして産みだした情景は、現実に存在しているもの以上に現実性を獲得することができます」（p.42）と言い、また「……僕にとって大事なのは、自分の中で風景が浮かび上がって文章になる過程なんです」（村上 初出 1999/2012, p.54）と述べている。やはりこの過程が村上にとって重要なのである。

村上は、ある事象に対して結論を出したり判断をしたりせずに、できるだけありのままの形で、事実の細部を記憶に留め、そういうものを収集し、整理をして頭の中に保管するという。村上（2015b, p.117）は、ジェームズ・ジョイスの「イマジネーションとは記憶のことだ」という言葉に強く賛同を示し、「イマジネーションというのはまさに、脈絡を欠いた断片的な記憶のコンビネーションのことなのです」とし、「有効に組み合わされた脈絡のない記憶」こそが物語の動力となるべきものであると述べている。

『ノルウェイの森』の第1章に、記憶について「僕の体の中に記憶の辺土《リンボ》とでも呼ぶべき暗い場所があって、大事な記憶は全部そこにつもってやわらかい泥と化してしまっているのではあるまいか」（p.17）という記述がある。村上は、この「暗い場所」から断片的な記憶を拾い上げその身体性を取り戻す。こうして命を吹き込まれた記憶をイメージと呼んでもよいのではないだろうか。

村上は、このようにして収集した記憶を、自分の中でさまざまに組み変えることでエネルギーを得ながら、何もない風景の中から自発的に物語が展開するのを待っている。このような村上の創作の根底には、記憶の古層に刻みつけられた無常観があるのではないだろうか、と私は思う。

第６章

創作過程を探る

Ⅰ　随筆『使いみちのない風景』

１　「旅行」と「住み移り」

『使いみちのない風景』は、１９９４年12月に出版された村上春樹（文）と稲越功一（写真）のフォト・エッセー集である。『村上春樹全作品１９９０〜２０００①』にも短編として収録されているが、それは村上の文章の部分だけであるため、わずか10ページほどの小品である。村上の数多くの作品の中では比較的目立たない存在と言えるかもしれない。しかし、初めて手にした時、これは村上の創作の秘密に関わる重要な要素を語っている一編であると感じた。

本章ではまず、村上の随筆『使いみちのない風景』（村上・稲越 1994/1998）を紹介する。そこには二種類の風景について語られているが、これらの比較を通して展開されている村上の洞察を読み解く試みは、記憶について、創作について、考える上で示唆に富む視点を与えてくれると思われる。

この随筆は、「昔ある雑誌で僕の『略歴』というのを読んだことがある」（p.6）という一文から始まる。そこに「趣味は旅行をすること」と書かれているのを目にして、村上は深く考え込んでしまう。そもそも他人の書いた自分の略歴を見るというのは、他人の目に映っている自分を覗くようなものであり、なかなかスリリングでかつ興味深い体験ではないだろうか。

村上は、こうした日常の中のほんのちょっとした出来事をきっかけにして、例えばこの場合には「旅行」という言葉を巡るイメージの世界の中に分け入り、巡り歩きながらその過程を記述することを通して、我々に深い洞察をもたらしてくれることがある。しかしそれはたいてい、村上本人の表現を借りるならば、「「鮮明な輪郭を有するメッセージの」輪郭をそのままストレートに言語化」（村上 2015b, p.20）するというような明確な方法で書かれているわけではない。読み手である我々が、村上の記述をもとに、その体験の中に入ってともに巡り歩くような読み方で読み解くことを試みない限り、その真髄を摑み取ることは難しい。

村上は、たまたま雑誌に載っている自分の略歴を目にした。そもそも、一般にはこのような経験はそれほどあるとも思えないが、おそらくたいていの場合は、一瞬目には留めてもそのまま見過ごしてしまうだけであろう。しかし村上は、一見取るに足らないことであっても何か自分に引っかかるものがあると、そこに留まり沈潜してゆっくりイメージを拡げてみる。これは、村上が、創作の際に行う作業と重なる。

「忙しい」、「時間がない」と年中ぼやいている人たちは、「こんなに無駄な時間を過ごして、よほど暇なんだな」と思うかもしれない。しかし、2019年の4月から5月にかけての10連休の際に、暇を持て余して困ったという人たちがいたことを思えば、何もしなくてもよい時間をどのように過ごすのかということをあらためて考えてみる必要があるのではないだろうか。何であれ、一つのことに集中して沈潜するのは思いの外難しいし、エネルギーが要る。おまけにそれをしたからと言って、すぐに何かの役に立つというわけではない。しかし、このような取り組みが、5年、10年、20年のスパンで見ると、大きな意味を持ってくる可能性がある。それは、これをやったからこういう効果があるといった、点と点をつなぐようなわかりやすい役立ち方ではなく、じわじわと目に見えないところでゆっくりと効力を発揮するのである。

昨今は、揶揄の対象になっている感さえある「ゆとり教育」にしても、本当の「ゆとり」とは？という問いに各人がじっくりと考えてみる間もないまま、悪者にされてしまったという印象がある。「ゆとり」を意味のあるものにできるか否かは、結局各人の力に掛かっているのではないだろうか。働き方改革が叫ばれている今日、あらためて我々はこのことを考えてみる必要があるだろう。

さて話が逸れてしまったが、「趣味は旅行」という自分の略歴を見て、なぜ村上は深く考え込んだのか。それは、村上自身としては、食事にしても自宅ですることを好み、馴染んだ自分の机で仕事をするのが好きで、旅行が好きだと一度も意識したことはなかったからだと言う。彼によれば、確かにこの7年間ほとんど日本には住んでいなかったけれど、それは旅行をしていたのではなく、むしろ「定着するべき場所を求めて放浪している」(p.17) ということだったのではないかと言う。そしてそのような生活を「住み移り」と呼んでみている。

村上は、短期間で引っ越しを繰り返し、しかもそれは、これまでの7つの長編小説のうちどの二編も同じ場所で書いたことはないというくらいの頻度である。インタビュー「世界でいちばん気にいった三つの都市」(初出 2004/2012b) の中で、「僕にとっては、小説を書くというのは、すなわちある種の非現実と関わりを持つということなので、ある程度日常生活から離れることが必要になるんです。だからたぶん僕はどこか『違った場所』に行って仕事をすることを求めるのだろうと思う」(pp.193–194) と述べている。これが、彼が頻繁に「住み移り」をしてきた所以であろう。

この随筆が出版されたのが1994年だということを考えるならば、この7編というのは『風の歌を聴け』(1979b)、『1973年のピンボール』(1980a)、『羊をめぐる冒険』(1982)、『世界の終りとハードボイルド・ワンダーランド』(1985b)、『ノルウェイの森』(1987)、『ダンス・ダンス・ダンス』(1988)、『国境の南・太陽の西』(1992) ということになる。制作年と出版年は必ずしも一致しないが、いかに彼の「住み移り」が頻回に行われたのかが窺われる。それは日本国内にとどまらず、イタリア、ギリシヤ、などヨーロッパにも及んでいる。そして、おそらくこの随筆を書いていたのは、上述の7編の次の作品『ねじまき鳥クロニクル』の執筆の合間である。「僕は今、アメリカの郊外にある静かな大学町でこの原稿を書いている」(p.42) とある「大学町」とはプリンストンであろう。1991年2月、村上はプリンストン大学から"visiting lecturer"という資格で招かれ、アメリカに渡った。最初の2年半はプリンストンに住み、その後マサチューセッツ州のタフツ大学に移り、1995年8月までボストン近郊のケンブリッジで暮らしている。プリンストン時代の生活は『やがて哀しき外国語』（1994/1997）に詳しい。

2 「住み移り」と村上の創作

村上によれば、旅行者にとって重要なのは「通り過ぎていくという作業」（p.36）だと言う。旅行の場合、こんなところに住んでみたいと思ってみることはあっても、またどれほどそこが魅力的な場所であっても、実際そこに住む、あるいはそこに住めるということはまずありえない。そもそも旅行は定着することを前提としておらず、静止することなく動き続けているところに意味がある。それに対して「住み移り」には常に定着の可能性が内包されているのだと言う。旅行のようにただ通り過ぎるのではなく、気に入ればそこにずっと住むかもしれないということである。

定着にはその場所を取り囲む風景との直接的なコミットメントが余儀なくされ、そこにはある種の現実的責任のようなものが伴うという村上の言及は頷ける。例えば我々は、いつ何時災害に襲われるかわからないし、定着していればまず住まいの復旧が大きな課題となる。災害とまではいかなくとも、日々、水が漏れるかもしれない、屋根が壊れるかもしれない、定期的にガスの点検がある等々と、定着しているとどうしても対処しなくてはならない厄介事がつきまとう。それらは、機械的に済ませられることばかりではなく、周囲の住人との関係やその土地そのものへのコミットメントも必要になる。村上は「そういう［ずっとここに住むことになるかもしれない］可能性の感覚を、あるいはコミットメントの感覚を、愛しているのかもしれない」（p.27）と述べている。ただ通り過ぎるだけの旅行と、定点を決めてそこでずっと生活する定着との間の流動的な状態を「住み移り」と称し、結局村上はそこに居続けることを好んでいるようにも見える。

このような村上のスタンスは、彼の創作にも相通じるものがあるのではないか。インタビュー「現実の力・現実を超える力」（初出1998/2012）の中で、「小説にたびたび登場する『双子の女の子』、『僕』、『羊男』たちは、村上さんの心の中から生まれたキャラクターですか。それとも実在のモデルがいるのですか」（p.43）と尋ねられて、村上は次のように答えている。

……答えはイエスとも言えますし、ノーとも言えます。なぜなら僕は自分の一部分を小説に書くこともあれば、身近にいる人のことを書くときもあるし、自分のかなりありのままを書くときもあれば、理想とする自分を書くときもあります。自分が「あるいはこうであったかもしれない」という状況について書くこともあります。まったく存在しないものについて書くこともあります。それらを組み合わせて複合的に書くこともあります。（p.43）

つまり、「双子の女の子」＝村上だとか、「僕」＝村上といったように、一通りに固定されているのではない。また例えば、すでに述べたように、『風の歌を聴け』の語り手である「僕」は村上でもあるかもしれないし、そうではないかもしれない。鼠も村上でもあるかもしれないし、やはりそうでないかもしれないのである。「僕」も鼠も村上春樹である可能性を持ちつつも、決して「僕」＝村上、鼠＝村上というわけではないのである。つまり、一つのつながりに固定（＝定着）はしないけれど、「僕」も鼠も村上とまったくつながりがないわけではない――ただ通り過ぎるだけではない――ということである。また村上が小説を書く時に選ぶ言葉や数字、そして人名も、何か一つの意味を明示するのではなく、常に多義的な意味の可能性を暗示しており、その捉え方は読者に委ねられるところがある。

物語に関しても、村上の場合、いろいろな読みの可能性に対して開かれている。河合隼雄との対談（『村上春樹、河合隼雄に会いにいく』）の中で、村上が一人の読者として自分の作品について意見を言うと、アメリカ人の学生は、それを作者の意見として捉えいちばん正しいと思ってしまう、という話をしている（1996, pp.115–116）。村上は、自分の意見も他の読者の意見と同様一つの見方にすぎないと言う。村上が創作した物語であっても、いったん彼の手を離れると、その読みの可能性は、彼自身をも含めた読者に対して平等に開かれているというのである。このような創作者としての村上春樹のありようは、彼が「住み移り」を好むのと本質的な意味において重なるように思うのだが、いかがであろうか。

3　クロノロジカルに収められた記憶

住み移りをしながらも、ある程度の期間一箇所に腰を据えて生活して体験する周囲の風景は、その時その場所にいる自分自身の存在としっかりと結びついている。村上は、このような風景の記憶の具体的な例として、この随筆の原稿を書きながら窓から見えている景色を挙げている。そこには芝生の庭があり、リスたちが走り回って木の実を集めている。雄猫が木陰に身を伏せて彼らを狙っている。こうした風景は、アメリカの学生町に住んで原稿を書いていた時の村上自身と結びついており、そのような記憶は、また当時の別の記憶を呼び起こし、思い出としてさまざまな情動を伴って語り始めうる。インタビュー「世界でいちばん気に入った三つの都市」（初出 2004/2012b）の中で、村上は「僕の中では、ひとつひとつの作品が、それぞれの場所に結びついているという印象があります。どれかの作品のことを考えるたびに、それが書かれた土地の光景が、自動的に頭に浮かんできます」（p.193）と述べている。

自分の人生の中で、あの時、あの場所で見たあの風景といった具合に、我々はその風景を呼び覚ますことができる。このような風景は、クロノロジカルに記憶の引き出しの中にしまい込まれているのだと村上は言う。我々は皆、こんな風景を幾つも持っている。その集積が我々の思い出、我々の人生の歴史を作り上げているといってもよいだろう。

4 「使いみちのない風景」の使いみち

村上がもう一つの風景として挙げているのは、「旅行の過程で目にした『束の間』の通り過ぎていく風景」（p.54）である。彼は、そのような風景を収めたもう一つの引き出しを持っていると言う。それは、クロノロジカルな記憶の引き出しとは質的にまったく異なるものであり、「非整合的であり、筋道や一貫性を欠いている」（p.58）し「前後の順番や、相対的な位置の認識が失われている」（p.60）と言う。それにもかかわらず、「風景の細部はとても鮮明で現実的」（p.60）なのである。そこにあるのは、一見何にもつながっていない記憶の断片であると言う。村上が「それはリアルな夢に似ていると言ってもいいかもしれない」（p.60）と述べているのも興味深い。確かに、現実よりもリアルな夢というものがある。

村上は、「使いみちのない風景」の例として、ある寒い冬の日、フランクフルトの動物園で見た、両者の区別ができないくらい、ずっとしっかりと抱き合って一つになっていたアリクイの夫婦の姿を挙げている。そして、その時の情景や、天気に至るまで細部にわたり克明に書き記しているが、その光景が、村上に何かをもたらすことはないと言う。ただ「あそこにアリクイの夫婦がいたなあ」と思うだけで、何かの感情を呼び起こすわけでもない。それにもかかわらず、折に触れてそのアリクイの夫婦のことを村上は思い出す。

もう一つの例として、ギリシャのフェリーボートの中で見た、20歳前の水兵の目を挙げている。他の水兵たちと戯れていた彼が、ふと振り返って空を眺め、水平線の少し上をじっと見ていたその目に、村上は惹きつけられてずっと見ていた。今でもその目をよく覚えていると言う。村上は言う。

そこから何かの物語が始まるかもしれないと僕は思う。……
でも、何も始まらない。そこにあるのはただの風景の断片なのだ。
それはどこにも結びついていない。それは何も語りかけない。（p.82）

これを、村上は「使いみちのない風景」と名づけている。ある時村上は実験を試みる。ドイツの田舎の村の小さな旅館に泊まった時、窓から見えた風景に心が留まり、その部屋の写真を撮った。そして何年か経った後、その写真を前にして物語のようなものを書き始めてみた。「使いみちのない風景」の使いみちの可能性を見出せるかもしれないという期待を持って。しかし、その風景が喚起するイメージのようなものを隅々までなぞって書いてみたものの、結局物語にはならなかったと言う。

ここまでであれば、それは文字通りの「使いみちのない風景」だったということで終わる。ところが、不思議なことが起こる。一連の文章を書いた後、何か別の物語のようなものがもたらされたようで、村上はすぐに別の物語に取り掛かった。それが『世界の終りとハードボイルド・ワンダーランド』だったというのである。村上は「その写真を見て、その風景を描写しているうちに、その行為が引き金となって、僕はそれとはまったく別の風景を描きたいと思うようになったのだろう」（p.95）と振り返っている。「使いみちのない風景」だと思っていたものが、何か、彼の心の深奥を刺激することになったのであろうか。

『世界の終りとハードボイルド・ワンダーランド』は、『世界の終り』と『ハードボイルド・ワンダーランド』という別々の二つの話が並行して語られ、展開していく物語である。『１９７３年のピンボール』出版の後、１９８０年『文學界』に掲載するために書かれた『街と、その不確かな壁』は、その習作的な作品とされている。しかし、村上本人はそれを失敗作であるとして発表したことを後悔し、全集に収録することも認めていない。『全作品１９７９〜１９８９』の付録冊子の『自作を語る』④「はじめての書下ろし小説」（1990c）の中で、これらの二つの作品について彼は多くを語っている。『街と、その不確かな壁』で手がけたことが、どうしても当時の力量では満足のいくものにはなりえなかったこと、その後途中引っ越しを挟み、彼にしては異例の長時間をかけて１９８５年に完成した『世界の終りとハードボイルド・ワンダーランド』を書くのがどれほど苦しい仕事であったかが吐露されている。

１９８０年の『街と、その不確かな壁』と１９８５年の『世界の終りとハードボイルド・ワンダーランド』の二作の間に、上記の実験が行われたということになる。そこでいったい何が起こったのか。「使いみちのない風景」とは何なのか。村上は言う。

それじたいには使いみちはないかもしれない。でもその風景は別の何かの風景に――おそらく我々の精神［筆者注：後に『全作品』に収録される時に「精神」から「魂」に書き換えている］の奥底にじっと潜んでいる原初的な風景に――結びついているのだ。

そしてその結果、それらの風景は僕らの意識を押し広げ、拡大する。僕らの意識の深層にあるものを覚醒させ、揺り動かそうとする。（p.96）

「使いみちのない風景」が、我々の意識の制御を超えたところで、我々の深奥に触れて原初的な風景を呼び覚まし、そこに何らかの動きが生じ、何かがもたらされる。しかしそこにどのようなつながりがあって、その過程で何がどのように起こっているのかはわからないのである。

余談だが、上述の引用部分に示したように、１９９４年には「我々の精神の奥底」としていた箇所を２００２年の『全作品』出版の折には「我々の魂の奥底」に書き換えている。『ねじまき鳥クロニクル第１・２・３部』（1994-1995）を書き上げ、河合隼雄と出会って対談をし、インタビューを行い『アンダーグラウンド』（1997/1999）と『約束された場所で』（1998/2001）を書いた頃から、村上の中で「魂」という言葉がよりぴったりくるようになったのではないだろうか。

あらためて村上は、「僕は旅行というものがあまり好きではない」（p.98）と言う。確かに、旅行には不便や失敗がつきものである。特に海外に行く時には、それらが取り返しのつかないほどにならなければ良しとするしかないくらいの覚悟がいる。それでも人は旅に出る。何のためにか。それは、自分のための「そこでしか見ることのできない風景」(p.104)を見つけようとしているのだと、村上は言う。通り過ぎていく中、どうしようもなく惹きつけられる風景を求めて。

日常の中では人は瑣末な事柄に心奪われて、あるいは煩わされざるをえないので——そもそも生きているということはそういうことだ——、そのような風景に遭遇するには感覚が鈍磨しすぎている。我々は、日常目にする風景をもう知っているものと思い込み、見えているはずのものさえ見ていないものである。「使いみちのない風景」に出会うにはいつもの日常の目とは違う「目」が必要なのであろう。なぜ惹かれるのかよくわからないけれど心奪われるものこそ、心の深奥にある何かを揺さぶる可能性がある。しかしながら、その風景を写真に撮ってみても「目にした風景の特別な力を写し取っていることは、極めて稀」(p.106)だと村上は言う。随筆は次のような言葉で締められている。

> 僕は思うのだけれど、人生においてもっとも素晴らしいものは、過ぎ去って、もう二度と戻ってくることのないものなのだから。(p.108)

通り過ぎていく中での「束の間」の風景だからこそ、今日見て、明日も明後日も見ることのできる風景ではないからこそ、我々の目もいつもとは違った見え方がするのであろう。物事の一回性を大切にするということか。普段閉じられている魂の領域が開き、そこで捉えられた風景が個人の中に鮮明に残り、魂の深みを揺さぶる可能性を持っているのであろう。

村上（初出 1998/2012）はインタビュー「現実の力・現実を超える力」の中で、システムを設定して、記憶やイメージを心の抽斗［筆者注：村上は「抽斗」と「引き出し」を混在して用いている］の中に整理していると述べているが、おそらく「使いみちのない風景」はどの分類の範疇にも属さないものであろう。それでも捨て去ってしまうのではなく、「使いみちのない風景」としてまとめて一つの抽斗にしまい込んでいるのかもしれない。整理や分類という作業は、ある程度村上の意識のコントロール下にあるが、それを超えたところにある「使いみちのない風景」こそが、本当に創造的な働きをすることがあるのであろう。これこそが「使いみちのない風景」の最も素晴らしい「使いみち」と言えるのではないだろうか。

Ⅱ　村上春樹の創作の秘密

1　下降する

村上の創作の基本は、すでに述べたように、あらかじめ自分の中に何らかの伝えたいメッセージがあって、それを表現するというものではない。むしろ、メッセージを見つけるために物語を書いているというのである。心の奥底に下降し、そこに留まり、自らの内なる混沌、暗闇と出会い、そこに立ち現れるものを言葉で描写する。村上は、一連の作業を次のように表現している。

小説を書いているとき、僕は暗い場所に、深い場所に下降します。井戸の底か、地下室のような場所です。そこには光がなく、湿っていて、しばしば危険が潜んでいます。その暗闇の中に何がいるのか、それもわかりません。それでも僕はその暗闇の中に入って行かなくてはならない。なぜならそれこそが、小説を書いているときに僕がいる場所だからです。（村上 初出 2005/2012b インタビュー「夢の中から責任は始まる」p.359）

僕が個人的に興味を持っているのは、人間が自分の内側に抱えて生きているある種の暗闇のようなものです。その暗闇の中ではいろんなことが、あらゆることが、起こります。僕はそれらのものごとをしっかりと観察し、物語というかたちで、そのままリアルに描きたいのです。（村上 初出 2003/2012b インタビュー「お金で買うことのできる最も素晴らしいもの」p.182）

村上は、内なる暗闇で出会うものについていろいろな表現を用いている。時に「人間存在の根本にある毒素のようなもの」（村上 2007/2010『走ることについて……』p.147）、「自分の内部にある毒」（村上 初出 2008/2012, p.442）あるいは「本当に暗いところ、本当に自分の悪の部分」（村上 初出

2003/2012c, p.120）と呼んでみたりしている。そして、「自分の魂の不健全さというか、歪んだところ、暗いところ、狂気を孕《はら》んだところ、小説を書くためにはそういうのを見ないと駄目だと思います」（村上 初出 2009/2012, p.472）と述べ、健康を維持するための努力をするのは、こうした不健全なところをなくすためではなく、「魂の不健康なところをとことん見届ける」（初出 2009/2012, p.472）ためであると述べている。

言葉にしてみると簡単そうに聞こえるかもしれないが、これは孤独で危険な作業である。この作業をやり抜くには、村上が繰り返し強調しているように、集中力、持続力、体力が必要である。心理療法での体験から、自分の内面と向き合うこのような作業がどれほどエネルギーを要するものであるか、そして時に危険で恐怖を伴うものであるかを、私は知っている。村上は、一人でコツコツとこの作業に取り組み、そこから創造的なもの――物語――を生み出してきているのである。

心の深みの混沌は明確な形など持っていない上に、そもそも暗闇は暗いので、そこに何があるのか見分けるのは難しい。しっかりと意識をする力、見る力がなければ暗闇に圧倒されて呑み込まれてしまうか、あるいは何もなかったということで終わってしまう。人間誰しも自分の否定的な部分からは目を背けたいものだからそうなりやすい。たとえ見ることができたとしても、それを描写して物語にするにはさらに言葉や表現の力も必要となる。

村上は、「芸術的な仕事をするのは基本的に不健康なことです。だから芸術家はそれを補完するために、健康的な生活を送るべきだというのが僕の意見です」（村上 初出 2008/2012, p.442）と述べている。村上は、賢明なことに、作家を本業とすると決めた時から、健康的、規則的な生活を送り、走ること、泳ぐことなどを通して心身の健康を維持する努力をし、体に対して意識的になるよう訓練を重ねてきたのである。

上述の「芸術的な仕事をする」という部分をそのまま「心を扱う仕事をする」、「芸術家」を「心を扱う仕事をする者」と言い換えることができるのではないか。それは、セラピストは健康的で問題を抱えているべきではない、だとか、問題のないセラピストでないとクライエントを治せない、といったようなことではない。まず、他人の心の暗闇に関わるには相当な体力が必要であり、さらに、「心を扱う仕事をする者」は、できる限り自らの心の暗闇に対しても意識的であらねばならない、そのため健康的であるよう努める必要がある、という意味においてである。

村上は、自らの生活について繰り返し述べているが、基本的にその内容は、本格的に小説を書くようになってから終始一貫しており、ブレがないのが印象的である。長編に取り組む時には、本人が「簡素にして規則的な生活」（村上 2007/2010, p.61）と呼ぶ生活をずっと繰り返して来ている。早朝、4時ないしは5時に起床し、数時間集中して書く。そのあとは走ったり、泳いだり、集中を必要としない雑用をする。日が暮れたら仕事はしない。読書をしたり、音楽を聴いたり、リラックスをして、なるべく早く9時ないしは10時前には寝る。いたってシンプルだ。

長編小説を書く間は、休日はなく、文字通り毎日このような生活を続けるのだと言う。一日に書く分量も決めている。「僕が自分に課しているのは、毎日のリズムであり、規律です」（村上 初出

2003/2012a, p.178）と言い、「そういう機械的な反復そのものがとても大事なんです。精神を麻痺させて、意識を深いところに運んでいくわけです」（村上 初出 2004/2012a, p.224）と述べている。これは、意識の水準を低下させて無意識の領域に下降する、あるいは覚醒したまま、夢を見ている時のような状態の中に入っていくことを示している。村上（初出 2011/2012）は『1Q84』を書くのに毎日6時間午前中に執筆をし、3年間かかったと述べており（p.556）、彼の創作には集中力、持続力、体力が不可欠だということが納得できるであろう。心の深みへと下降しながらの創作は、これまで自分自身無意識だったことを意識すること、つまり意識の領域を拡大する作業であるということもできる。

2　可能性としての「私」を探る

村上（2015b）は、一人称小説を書く場合、「僕は主人公の（あるいは語り手の）「僕」を〈広義の可能性としての自分〉として大まかに捉えているのだと思います。それは〈実際の僕〉ではないけれど、場所や時間を変えられていたら、ひょっとしてこうなっていたかもしれない自分の姿であるわけです」（pp.228–229）と述べている。つまり一人称小説を書くことを通して、従来の「私」ではなく、可能性としての「私」を追求しているのである。これは、自分が知っている「私」だけを「私」とするのではなく、自分がまだ知らない「私」も含めた「私」を追求しているということもできるであろう。

後に三人称の小説を書くようになると、さらに登場する人物は多様化するが、村上は、作品の登場人物は「可能性としての僕」（村上 初出 2011/2012, p.551）であると述べている。自分が女性だったら、自分が東京で生まれていたら、自分が歯医者だったら……と、物語の中で、さまざまな人物像を描くことを通して「私」という存在の可能性を探っているのである。

ここまで私は、できるだけユング心理学の概念を援用せずに村上春樹の創作について論考することを自分自身に課してきた。ひょっとしたら、ユング心理学の用語を用いれば、説明は明解になりわかりやすくなったかもしれない。しかし、あえて村上自身の言葉を多く引用し、イメージする力によって、読者とともに村上の身の中に入り、内側から一緒に彼の創作過程を体験することを試みる方法を選んだ。それは、既存の概念を使って、それに当てはめ、頭で考えてわかった気になってしまうのを避けたかったからである。

しかし、最終章まで辿り着いたということもあるので、村上の作業についての理解を深めるためにユング心理学における「自我」と「自己」という概念を紹介してみることにする。図1に示すように、意識も無意識も含めた心全体の中心を「自己（Self）」と呼ぶのに対して、その人が意識できている心の部分を統合している中心を「自我（ego）」と呼ぶ。

私は、序章において、村上は「西洋近代自我とは異なる自我のあり方を模索」していると述べた。これはいわゆるポストモダンの発想であるが、村上は日本人の古来の精神性のありようの中にその

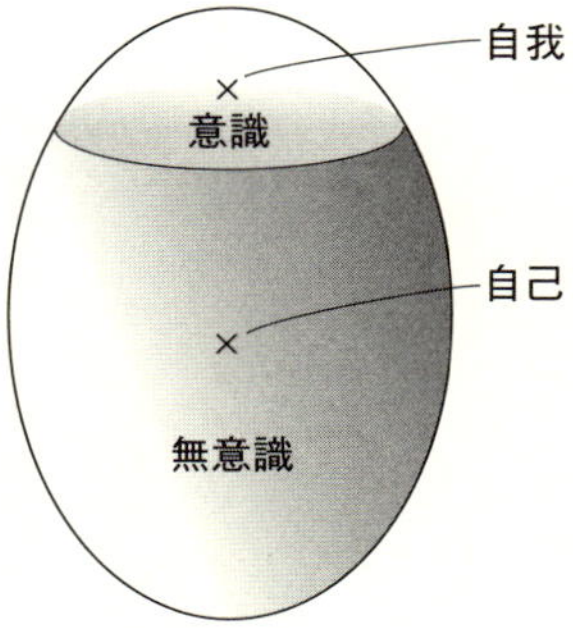

図1

可能性を見出し、創作を通して彼独自の方法でこの課題に取り組んでいる、と私は考えている。村上は『職業としての小説家』（2015b）の中で、「日本や東アジア諸国においては、ポストモダンに先行してあるべき『モダン』が、正確な意味では存在しなかったのではないか」（p.287）と述べているが、私も同感である。日本においては、西洋近代自我のような個としてのアイデンティティが確立されることがないままに、今日に至っているという印象がある。それにもかかわらず、至るところで「自我」ありきで話が進められているところに問題があるのではないかと感じている。詳細は、日本人の自我意識について、日本人の自我のありようについて論じた拙論（Yama 2013, 2018a 他）を参照されたい。

村上春樹の試みは、上述のユングの概念を借りるならば、「自我」のみを「私」とするのではなく、無意識の領域をも含んだ「私」、つまり「自己」への探求ということができるであろう。ユングの言葉を借りれば、それを自己実現（self-realization）あるいは個性化（Individuation）と呼ぶ。村上春樹の創作の歴史は、まさしくそう呼ぶのにふさわしいのではないであろうか。

3　村上春樹とユング

村上（初出 2003/2012c）は「ユングの著作ってほぼ読んでない」（p.116）、「……カール・ユングの著作も、まだ一冊もきちんと読んだことはありません」（村上 2015b, p.299）と述べ、河合隼雄が唯一自分の言っている意味での物語のことを理解してくれている人だと言いながらも、「……たぶん僕はユングからも、河合先生の著作からも、意識して距離を置いてきたのだと思います」（村上 2013, p.104）と述べている。このことが、村上が、彼のような方法で、物語を書き続けることができた所以ではないかと私は考えている。彼の創作の方法は、あくまでも村上自身が自らの身体感覚を通して体験的に見出した独自の方法である。ユング心理学の概念に合わせて作り上げたものでもなければ、ましてやそれを用いて自分自身の創作を分析したということもない。ユングは無意識の中には、個人的内容からなる個人的な無意識の層と、国や民族、人種を超えて人々が共有する集合的な無意識の層があるとした。ユング心理学を勉強して、このことを知的に頭で理解するのと、村上のように体験的に知るのとではまったく価値、意味が違うことを強調しておきたい。

ユングの場合も、理論ありきではなく、彼自身の精神病レベルの壮絶な内的な体験を通して知り得たことを、生涯をかけて理論化を試みた。村上は、自らの創作、そして丁寧に読者との関係を築き上げることを通して、同様のことを知るに至ったのである。

4　デレク・ハートフィールドの世界からの帰還

村上春樹にとって、創作とは何なのか。第3章でデレク・ハートフィールドについて詳しく取り上げた。もし彼に出会わなかったら、ひょっとしたら村上は創作をすることはなかったのではないか、と想像してみたりする。

ハートフィールドが書いた（とされる）短編「火星の井戸」の無数に掘られた立派な井戸は、底なし井戸である。すべて水脈を外して掘られていた。掘っても掘っても決して水に達することはない虚しい井戸である。そこには生も死もない。ただ風が吹いているだけである。終わりも始まりもない時空間の中を彷徨う主人公の青年は、結局自死をするしかない。

このような世界を知ってしまった村上春樹は、このような世界観を持ちながら、どのように生きるのか。簡単なことではないと思う。それは、幼い頃村上春樹に刷り込まれた日本の古典文学に描かれた「無常観」にもどこか通底してはいないか。

村上春樹（初出1999/2012）はインタビュー（『スプートニクの恋人』を中心に」）の中で「僕は、自分の中にも底の底の方で物語が湧いているんだってことを、たまたま偶然見つけた人間だから、その幸運に対して感謝する気持ちがすごくあるんです。大事にしたいという気持ちが強い」（p.60）と述べている。上述の青年はついに水を得ることはできなかったが、村上は深い井戸の奥底に水が湧いているのを見つけた。これは決定的な出来事、村上の救済の始まりである。

序章において、デレク・ハートフィールドの世界の存在に気づいてしまうと生きるのが難しくなると述べた。では、気づかない方がよいのか、と言えばそうではないと思う。村上春樹は物語の創作という道を選んだが、我々はそれぞれ自分に合ったやり方で、救済の方法を見つけるしかないのではないか。それが創造に通じる場合もある。そもそも生きること自体が創造だとも言える。もちろんその過程を支えるのが、心理療法であったりカウンセリングであったりもするのだが。

『風の歌を聴け』の最後は、デレク・ハートフィールドの墓碑に刻まれていたとされる、「昼の光に、夜の闇の深さがわかるものか」（『全作品１９７９～１９８９①』p.120）という言葉で締めくくられている。この闇こそが、村上春樹が創作の過程で、下降し、沈潜していたところだったのではないか。それは幼い日、彼が川で溺れた時に一瞬見てしまった向こうの世界の暗闇とも重なる。

村上春樹は、創作活動を通して、ハートフィールドの世界観を含んだ新たな自分の世界観を確立し、「自己」を探る作業を行ってきたと言ってもよいであろう。その際、暗闇の世界を自分から切り離すのではなく、暗闇の中に入り、そこに留まり、そこにあるものを見届け、それを「私」の中に組み入れていったのである。

５　村上春樹の物語の力

次に、深みへの下降によって創作された村上春樹の物語の持つ力について、村上の言葉を読み解くことによって理解を深めたい。村上は、「書くことによって、多数の地層からなる地面を掘り下げているんです。僕はいつでも、もっと深くまで行きたい」（初出 2003/2012a, p.164）と述べている。最近はもっぱら家のメタファーを用いて地下1階、地下2階へ降りていくという表現を用いているが、これはシンプルにすることで、読者たちにとってよりイメージしやすくするためだと思われる。

村上は

この深みに達することができれば、みんなと共通の基層に触れ、読者と交流することができるんですから。つながりが生まれるんです。もし十分遠くまで行かないとしたら、何も起こらないでしょうね。（初出 2003/2012a, p.164）

と述べている。河合隼雄との対談において、コミットメントについて話題にしているところで、「コミットメントというのは何かというと、人と人とのかかわり合いだと思うのだけれど、これまでにあるような、『あなたの言っていることはわかるわかる、じゃ、手をつなごう』というのではなくて、『井戸』を掘って掘って掘っていくと、そこでまったくつながるはずのない壁を越えてつながる、というコミットメントのありように、ぼくは非常に惹かれたのだと思うのです」（河合・村上 1996, pp.70–71）と述べている。これは、『ねじまき鳥クロニクル』を書くことを通して彼自身が体験した「壁抜け」で知り得た感覚であろう。

このことは、心理療法において、セラピストとクライエントの具体的な背景や体験、年齢などが違っていても、セラピストが体験を深めることができれば、心の深いところで、言うなれば魂の次元での共感、共鳴が生じるのと似ている。一般的には、同じような境遇の者同士の方がわかり合いやすいと思われがちだが、これは上記の村上の言葉で言えば、「あなたの言っていることはわかるわかる、じゃ、手をつなごう」といった意味でのわかるということである。人の話を聞いて「わかる」、共感するということにも、いろいろな次元がある。専門的な内容になるので本著ではこれ以上触れないが、関心がある読者の方は拙著『言葉の深みへ』（2003）を参照していただければ幸いである。

最後に村上春樹の物語の力について探る。インタビュー「『海辺のカフカ』を中心に」（初出2003/2012c）の中で、村上は次のように述べている。

ある一人の人間の自我を、今そこにあるその人の抱え込んでいる暗闇の中に浸して物語を立ち上げるとして、その作業は、人それぞれ全部違うんだということです。（p.120）

つまり、一人の人間が心の深みへと下降する作業は一人一人異なり、個別的でありかつ個人的な作業であるということである。例えばAという人の自我と、その人の持つ暗闇はともにA独自のものであり、その組み合わせから生まれる物語もAにしかない物語であるとしながら、村上は次のように続けている。第5章でも取り上げたが、重要な部分なのでここで再び引用する。

ところがたとえば僕がどんどん、どんどん深く掘っていってそこから体験したことを物語にすれば、それは僕の物語でありながら、Aという人の持っているはずの物語と呼応するんですよね。Aには語るべき潜在的な物語があるのに、有効にそれを書けなかった、語ることができなかったと仮定して、そこで僕がある程度深みまで行って物語を立ち上げると、それが呼応するんです。それが共感力というか、一種の魂の呼応性だと思う。もし僕がそれである程度、自分が物語を立ち上げたことで癒された部分があるとすれば、それはあるいはAという人を癒すかもしれない――ということがあるわけです。(p.120)

ここに村上春樹の創作の秘密、彼の物語の持っている力についてのすべてが述べられているのではないか。図2を見ていただきたい。村上は自分の心を深く掘り下げ(①)、そこから持ち帰ったもので物語を作る(②)。村上(初出1999/2012, p.80)は「テキストというのは、すべての人に対して平等なんです」と述べており、物語は村上個人の手を離れ一つのテキストとして存在する(③)それを読者Aが読む(④)。Aに代表される読者たちの多くは、意識的に心の深みへ降りていく体験をすることはないし、物語を書くこともできない。しかし、心の深層の次元には、村上とAとは共有する「何か」を持っている。Aが村上の物語を読むと、彼らの心の無意識の領域の中に潜在的

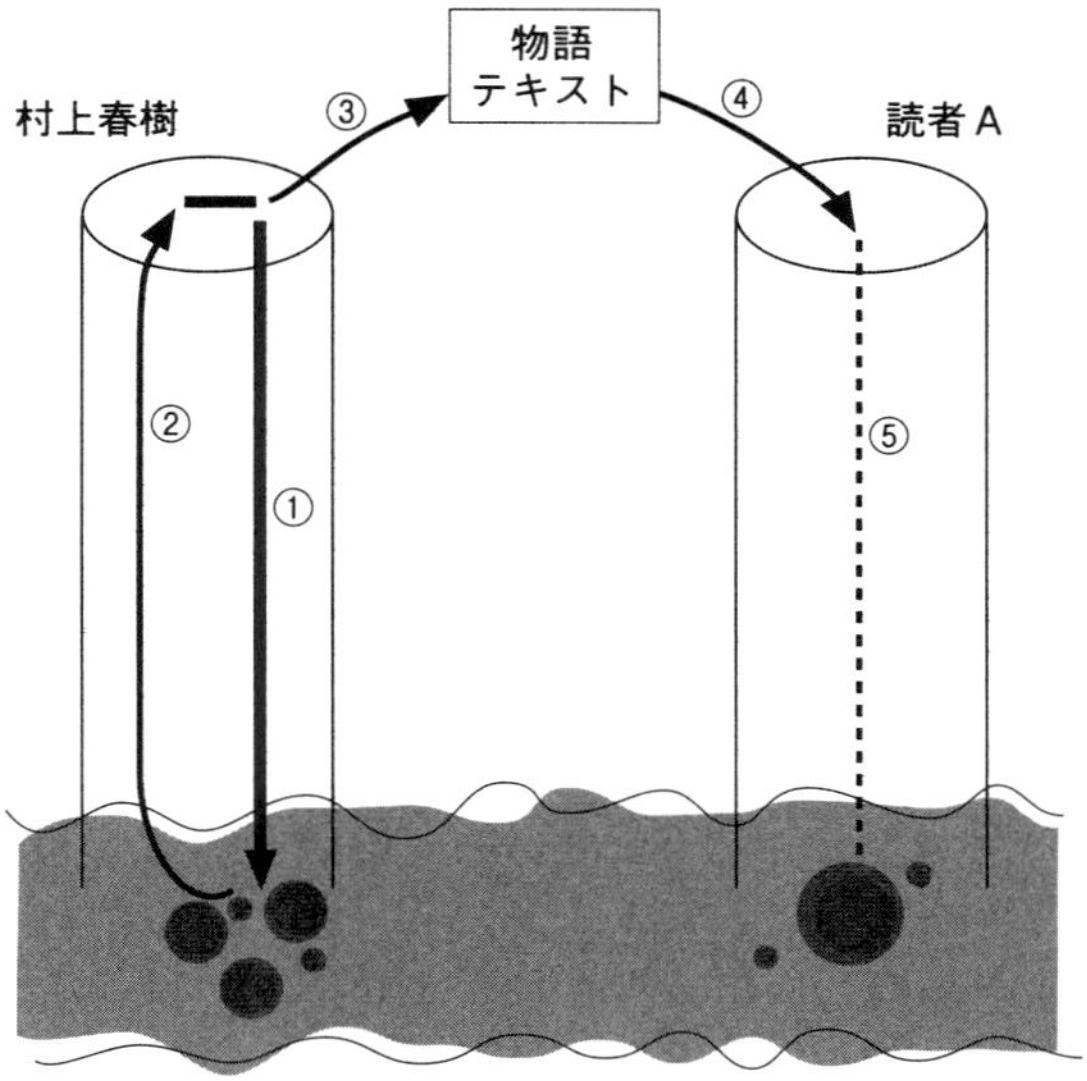

図2

に持っている「何か」と響き合う（⑤）。しかし、そこ（破線で示した部分）で何が起こっているのかは明確に説明できるものではなく、「何かわからないけれどめちゃめちゃ面白い」とか、場合によっては「腑に落ちる」とか、「グッとくる」とか体に訴えかけてくるものではないかと思う。体は、人間の意識を超えた何かを摑みうる。村上が読者のフィジカルな反応を重視する理由もこの辺りにあるのではないだろうか。

また村上（初出1998/2012）は、「それ［読者と物語を通して心が繋がっていること］は国籍や世代とはあまり関係のないことのように、僕には思えます」（p.44）と述べているが、このことは、世界各国に村上作品の熱心な読者がいることからも頷ける。つまり、心のある程度の深さまで下降すれば、国や年齢の違いを超えて何かが共有されうると言えるのであろう。

そして、「僕がそれである程度、自分が物語を立ち上げたことで癒された部分があるとすれば、それはあるいはAという人を癒すかもしれない」（初出 2003/2012c, p.120）と言う。これまで村上が、読者たちの声を聞き直接それに答えるという形を通して実感してきたことであろう。それは、村上の物語を読んですぐに何かが解決するといったようなものではなく、本人も気づかないくらい心の深いところで、じわじわとゆっくり時間をかけて効力を発揮するかもしれないというようなものなのである。

終章

想像力と効率

最後に効率と想像力について述べておきたい。村上は（2015b, p.114）は、「……小説家を志す人のやるべきは、素早く結論を取り出すことではなく、マテリアルをできるだけありのままに受け入れ、蓄積すること」と述べている。また川上未映子との訊き語りの中では「一回無意識の層をくぐらせて出てきたマテリアルは、前とは違うものになっている。……僕が物語……と言っているのは、要するにマテリアルをくぐらせる作業なんです」（川上・村上 2017, p.39）と興味深い表現をしている。これは何も物語や小説を書くことだけに当てはまることではない。

簡単に図示した図3を見ていただきたい。あるマテリアルに対して、①の場合にはすぐに何らかの反応（判断なり結論なりを下す）をしている。心の意識の層だけで対処していると言ってもよいかもしれない。それに対して②の場合には、いったんマテリアルを心の深み、無意識の層にまで取り入れて、そこから生じてくるモノを待つ。村上はマテリアルをできるだけ深いところまで取り入れるのである。

①は一見効率が良いのに対して、②は時間がかかるし、役に立つ（と思われる）ものは出てこないかもしれない。今日学校においても社会においても、あらゆる場面で、前者の能力ばかりが重視されているのではないだろうか。

②のプロセス（図3では破線で示した）ではいったい何が起こっているのか。マテリアルを深く取り入れれば取り入れるほど、そこで何が起こっているのかはわかりにくくなる。

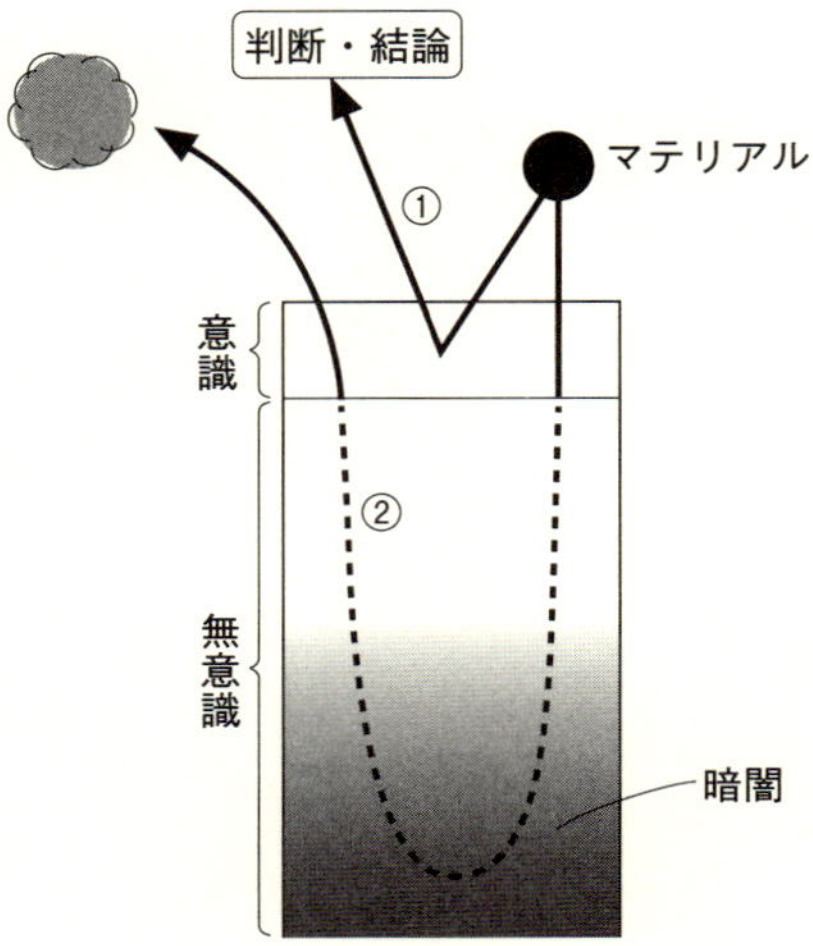

図3

第6章で取り上げた「使いみちのない風景」が後に『世界の終りとハードボイルド・ワンダーランド』という物語を生み出したことなどはその最たる例であると言えるであろう。

村上は「想像力の対極にあるもののひとつが『効率』です」（2015b, p.212）と述べている。これは、第6章で取り上げた、ふと目に留まった「旅行」というマテリアルを自分の中に取り込み、想像力を働かせて思い巡らした村上の例を思い起こしていただけると納得できるのではないだろうか。想日常の中の①のプロセスの例として、例えば次のような場合を想像してみてはいかがであろうか。

何か問題が起こった時に、マニュアルに則って処理すれば、考える必要もなく、悩むこともなく、自分が悪者になることもなく、効率よく速く判断を下せる。その場合、相手の気持ちを思いやったり、ひょっとしたら自分がこうしていたらどうなっていただろうかと想像したりすることはないだろう。自分はマニュアル通りにやったから正しいのだということで。そうすると確かに心のエネルギーを使うことはなく、楽かもしれない。しかし、至るところでこのような対応ばかりしていると、何か自分の中で大切なものが損なわれていくのではないだろうか。

それに対して、②のプロセスにおいては、こういう決まりになっていると言うけれども本当はどうなのだろうかと思い巡らしたりする。そこで賦活されるのは想像力、イメージする力、感じる力、考える力であろう。その場合、多かれ少なかれ、心のエネルギーを使うことになるし、体にまで影響を及ぼすこともあるかもしれない。

もちろんどちらが良いとか悪いとかいったことではない。

ここで、村上の次のような言葉を取り上げる。

> 効率の良くない回りくどいものと、効率の良い機敏なものとが裏表になって、我々の住むこの世界が重層的に成り立っているわけです。どちらが欠けても（あるいは圧倒的劣勢になっても）、世界はおそらくいびつなものになってしまいます。（村上 2015b, p.23）

少なくとも、我々はいついかなる時にも、世界は重層的に成り立っているのだということを知っておきたいものである。自分の中に何か一つのマテリアルを取り入れようとする前に、次々と新しいマテリアルが氾濫しているような現代社会においては、より意識的に、自分の中に取り入れ、そこから生じてくるものをゆっくりと待つといった体験を持つ必要があるのではないだろうか。

特に、心のことを扱う世界においては、このことは肝に銘じておかねばならないのではないかと思っている。例えば、心理面接や心理検査に際して、マニュアル本を見てわかった気になるだけではなく、目の前のその人の話や、描かれたもの、作られたものなどを自分の中にどのくらい深く取り入れることができるのか、そこで生じてきたものをどのくらい意識をし、大切にできるか、今一度考えてみるべきではないかと思う。

おわりに

すでに30年以上も前になるが、村上春樹の作品と出会い、引き込まれるようにして読んでいた時期から、創作活動を通して、彼の中でいったい何が行われているのだろうかということを考えるようになった。ここ十数年毎年のように、今年こそ村上春樹はノーベル文学賞を受賞するのか、といった話題が注目を集めているが、彼が取り組んできた内的な仕事の重要性に比べると、それさえもたいしたことではないのではないかといった気持ちになる。もちろんノーベル賞の価値を否定するつもりはないが。

デビュー作の『風の歌を聴け』から40年以上、村上春樹はずっと自らの内からの声――昨今彼が好んで用いる言葉を使うならば「魂」の発する声――に耳を傾け、それを大切にしながら創作活動を続けてきたのではないだろうか。その40年を辿ってみると、様々な場面で意味深い不思議な巡り合わせがあったように思われる。アメリカから世界へ羽ばたくための立役者となった翻訳者たち、出版社、そして何より妻の陽子さん。彼らとの出会いなくしては今日の Haruki Murakami は存在しえなかったであろう。

自然の流れに身を任せつつ、何か自分の中で確かなものを感じた時には思い切りのいい決断をする。このような生き方は、本書の中で述べてきた村上の創作方法にも相通じるところがあるのではないか。親の反対に抗しての学生結婚、既存の集団に属さない、軌道に乗っていた店を売って専業作家として生きる、幾度かの海外への逃亡。なかでも、日本から離れ、プリンストンで『ねじまき鳥クロニクル』の執筆に没頭したことは、その後の村上の作家としてのスタンスを方向づける決定的な出来事だったように思う。いや、洞窟の中のストーリーテラーとしてのあり方を築いたといった方が良いかもしれない。

その後、『アンダーグラウンド』と『約束された場所で――underground 2』の執筆のために地下鉄サリン事件の被害者及びオウム信者へのインタビューを行った。それらと前後して村上は河合隼雄と対談の機会を持っている。その都度、彼は、自分自身のやっていることの意味を、言葉を超えた心の深いところで実感することができたのではないだろうか。

2010年頃から、私はシンポジウムや研究会などで村上春樹の創作と心理療法について話をする機会を何度か持ってきた。いつか一冊の本にできればと思いつつ、村上春樹に関しては、語れども、語れどもいくらでも語れるような気持ちがあった。

2015年9月、私はたまたま客員研究員としてハーバード大学のアジアセンターに1ヶ月滞在する機会に恵まれた。短期間ではあるが、私は、日本人の心性や現代人の意識について研究を進める上で足がかりになればと思っていた。ちょうどその直前の8月、長年村上が海外での出版を認めていなかった『風の歌を聴け』と『1973年のピンボール』が一冊にまとめられてクノップ社から出版されていた。私はキャンパス内のハーバード・ブック・ストアでこの本を購入し、1ヶ月の契約で住んでいた大学の近くのアパートに戻り、早速11ページにわたる序文 The birth of my kitchen-table fiction を読んでみた。それは英語で書かれているにもかかわらず、不思議なくらいに村上春樹の日本語のいつもの語り口と変わらないというのがその時の印象だった。

村上がプリンストン大学にいたことはよく知っていたが、迂闊にも、彼が1993年から2年間タフツ大学に writer in residence として籍を置き、私のアパートのすぐ近くのケンブリッジに住んでいたことをすっかり忘れていた。ハーバード大学のアジアセンターとほぼ同組織でもあるライシャワー日本研究所には村上の写真が飾られていた。2005年から1年間、彼はハーバード大学にも artist in residence として滞在していたのである。スタッフと話をしていると、『ねじまき鳥クロニクル』など多くの村上作品を翻訳したジェイ・ルービン氏は、1993年、シアトルのワシントン大学からハーバード大学に教授として赴任したのだという。「ああ、確かにそうだった」と、これまで活字からだけの知識だったものがにわかにリアルなものとして感じられた。

大学からすぐ近くのジョン・F・ケネディ記念公園、チャールズ川沿いでは、幾人ものランナーたちが黙々と走っていた。ケンブリッジに住んでいた頃、おそらく村上もその中の一人だったのだろう。

翌年、いろいろな偶然が重なり、同じ年、今度は私の勤務先の大学で、ジェイ・ルービン氏とシンポジウム（「村上春樹を英訳する」）を開くことになり、私は「文化と時間を超えて～村上春樹作品から考える」いうテーマで彼と対談をする機会にも恵まれた。シンポジウムの後、英語と日本語について、翻訳についてなどいろいろ話ができたのはとても楽しい思い出である。これも「村上春樹」をめぐる不思議な巡り合わせだったのかもしれない。

「今、僕は語ろうと思う。……しかし、正直に語ることはひどくむずかしい。僕が正直になろうとすればするほど、正確な言葉は闇の奥深くへと沈み込んでいく」と、村上は『風の歌を聴け』の中で語っている。

心理療法家としても、また個人的にも、私は自分の感じていることや考えていることを言葉にすることの難しさをいつも感じてきた。その切実な思いを、私は、拙著『言葉の深みへ』（2003）の冒頭に記した。「感じていること、思っていることを言葉にして伝えるのは難しい。言葉にしてみても言葉にならなかった大切な部分が、すり抜けて落ちていってしまうかのように感じる経験は、誰しも持っているであろう」と。そんな私を勇気付けてくれたのは、『風の歌を聴け』の中の次のような言葉である。

少くともここに語られていることは現在の僕におけるベストだ。つけ加えることは何もない。

それでも僕はこんな風にも考えている。うまくいけばずっと先に、何年か何十年か先に、救済された自分を発見することができるかもしれない、と。そしてその時、象は平原に還り僕は美しい言葉で世界を語り始めるだろう。

村上春樹の物語は、国や人種、民族、宗教、そして言葉の違いさえも超えて、長い時間をかけて人々の中に染み込んでいくのではないだろうか。そしてそれがいつの日か、我々に何らかの救いをもたらしてくれるのではないか。そう祈らずにはおれない。

文学者でも、文芸評論家でもない私が、村上春樹の作品と、村上春樹をめぐる書を世に出せることを心から嬉しく思う。上述したような一連の出来事が、何かを言葉にすることにいつも躊躇してしまう、私の後押しをしてくれた。本書を読んでくださった方が、これまでとは違う読み方で村上春樹を読まれるということがあるならば、それは私にとってこの上ない幸せである。

最後に、本書の出版を引き受けていただいた新曜社の塩浦暲社長と、編集を担当し、私の原稿を丁寧に読んで、細やかな指摘をしてくださった田中由美子さんに心から感謝の意を伝えたい。

２０１９年10月

山　愛美

初出一覧

本書は、下記の初出をもとに大幅に加筆修正した。

第1章　方法としての小説、そしてはじまりの時

山　愛美（2012）「村上春樹の創作過程についての覚書（1）――方法としての小説、そしてはじまりの時」京都学園大学『人間文化研究』第29号

第2章　初めての物語《イニシャルストーリー》としての『風の歌を聴け』

山　愛美（2013）「村上春樹の創作過程についての覚書（2）――初めての物語《イニシャルストーリー》としての『風の歌を聴け』」京都学園大学『人間文化研究』第30号

第3章　デレク・ハートフィールドの世界

山　愛美（2013）「村上春樹の創作過程についての覚書（3）――デレク・ハートフィールドを巡る在と不在のテーマ」京都学園大学『人間文化研究』第31号

第4章　言葉・身体

山　愛美（2016）「村上春樹の創作過程についての覚書（4）――言葉・身体性・文体」京都

学園大学『人間文化研究』第36号
第5章　記憶・イメージ
山　愛美（2017）「村上春樹の創作過程についての覚書（5）――記憶について」京都学園大学『人間文化研究』第38号
第6章I　随筆『使いみちのない風景』
山　愛美（2017）「村上春樹の随筆『使いみちのない風景』にみる二種類の風景」京都学園大学『総合研究所所報』第18号
第6章II　村上春樹の創作の秘密
書き下ろし

引用文献

青山 南（1996）『英語になったニッポン小説』集英社

Bromberg, P. M.（2011）*The Shadow of the Tsunami and the Growth of the Relational Mind*. Routledge.［吾妻 壮・岸本寛史・山 愛美訳（2014）『関係するこころ――外傷、癒し、成長の交わるところ』誠信書房］

Capote, T.（1949/1973）Shut a Final Door. In *A tree of Night and Other Stories*. Random House.［川本三郎訳（1994）「最後の扉を閉めて」『夜の樹』所収、新潮文庫］

Edinger, E. F.（1987）*The Christian Archetype: A Jungian Commentary on the Life of Christ*. Inner City Books.

Gordon, R.（1978）*Dying and Creating: A Search for Meaning*. Society of Analytical Psychology.［氏原 寛訳（1989）『死と創造』創元社］

平野芳信（2011）『人と文学 村上春樹』勉誠出版

市川 浩＋山崎賞選考委員会編（1977）『身体の現象学』河出書房新社

井上義夫（1999）『村上春樹と日本の「記憶」』新潮社

井筒俊彦（1985）「文化と言語アラヤ識」『意味の深みへ』所収、岩波書店

Jung, C. G.（[1938] 1987）*Kinderträume*. Walter-Verlag.［氏原 寛監訳（1992）『子どもの夢Ⅰ』人文書院］

Jung, C. G.（1922）Über die Beziehungen der analytischen Psychologie zum dichterischen Kunstwerk.［「分析心理

学と文芸作品の関係」松代洋一訳（1996）『創造する無意識――ユングの文芸論』所収、平凡社］
Jung, C. G.（1963）*Memories, Dreams, Reflections.* Pantheon Books.［河合隼雄・藤縄 昭・出井淑子訳（1972–1973）『ユング自伝――思い出・夢・思想』（1、2）みすず書房］
Jung, L. & Meyer-Grass, M.（1987）「編集者による序文」氏原 寛監訳（1992）『子どもの夢Ⅰ』人文書院、pp.11–16.
角川書店編（2001）『平家物語 ビギナーズ・クラシックス 日本の古典』角川ソフィア文庫
鴨 長明（1212/2010）『方丈記』簗瀬一雄訳注、角川ソフィア文庫
河合隼雄（1976）『母性社会日本の病理』中公叢書
河合隼雄（1982a）『昔話と日本人の心』岩波書店
河合隼雄（1982b）『中空構造日本の深層』中公叢書
河合隼雄（1987）『明恵 夢を生きる』京都松柏社
河合隼雄（2003）『神話と日本人の心』岩波書店
河合隼雄・村上春樹（1996）『村上春樹、河合隼雄に会いにいく』岩波書店
川上未映子訊く・村上春樹語る（2017）『みみずくは黄昏に飛びたつ』新潮社
川村 湊（2006）『村上春樹をどう読むか』作品社
木村朗子（2011）「解説　音に聴け、平家の声を」兵頭裕己著『平家物語の読み方』ちくま学芸文庫、pp.259–270.
Lahiri, J.（2015）*In Altre Parole.* Guanda.［中嶋浩郎訳（2015）『べつの言葉で』新潮クレスト・ブックス］

三浦雅士（2012）「言葉と死」菅野昭正編『村上春樹の読みかた』所収、平凡社
宮崎 駿（2001）『千と千尋の神隠し』スタジオジブリ
村上春樹（1979a）「群像新人文学賞＝村上春樹さん（29歳）は、レコード三千枚所有のジャズ喫茶店店主」『週刊朝日』5月4日号掲載のインタビュー（http://www56.tok2.com/home/osakabe/Yahoo/Haruki/Interview/Shukan-Asahi-19790504.html）
村上春樹（1979b）『風の歌を聴け』講談社
村上春樹（1979/1990）『風の歌を聴け』『村上春樹全作品１９７９〜１９８９①』所収、講談社
村上春樹（1979/2004）『風の歌を聴け』講談社文庫
村上春樹（1980a）『１９７３年のピンボール』講談社
村上春樹（1980b）『街と、その不確かな壁』『文學界』９月号、pp.46–99.
村上春樹（1981）「八月の庵 僕の『方丈記』体験」『太陽』10月号、pp.49–52.
村上春樹（1981/1991）「五月の海岸線」『村上春樹全作品１９７９〜１９８９⑤短編集Ⅱ』所収、講談社
村上春樹（1982）『羊をめぐる冒険』講談社
村上春樹（1983）「ムラカミ・ワールドの秘密」宝島ロングインタヴューⅠ、月刊『宝島』11月号、pp.57–69.
村上春樹（1983/1990）「螢」『村上春樹全作品１９７９〜１９８９③』所収、講談社
村上春樹（1985a）「村上春樹ロングインタビュー」『小説新潮臨時増刊 '85SUMMER 書下ろし大コラム vol.2 個人的意見』pp.12–35.

村上春樹（1985b）『世界の終りとハードボイルド・ワンダーランド』新潮社
村上春樹（1985c）「特別インタヴュー　『物語』のための冒険」聞き手・川本三郎、『文學界』８月号、pp.34–86.
村上春樹（1987）『ノルウェイの森』（上、下）講談社
村上春樹（1987/1991）『ノルウェイの森』『村上春樹全作品１９７９～１９８９⑥』所収、講談社
村上春樹（1988）『ダンス・ダンス・ダンス』（上、下）講談社
村上春樹（1990a）「[自作を語る] 新しい出発」『村上春樹全作品１９７９～１９８９②』別刷、講談社
村上春樹（1990b）「[自作を語る] 台所のテーブルから生まれた小説」『村上春樹全作品１９７９～１９８９①』別刷、講談社
村上春樹（1990c）「[自作を語る] はじめての書下ろし小説」『村上春樹全作品１９７９～１９８９④』別刷、講談社
村上春樹（1990d）「[自作を語る] 短篇小説への試み」『村上春樹全作品１９７９～１９８９③』別刷、講談社
村上春樹（1991a）「[自作を語る] 新たなる胎動」『村上春樹全作品１９７９～１９８９⑧』別刷、講談社
村上春樹（1991b）「聞き書 村上春樹この十年 １９７９年～１９８８年」『村上春樹ブック』、『文學界』４月臨時増刊、pp.35–59.
村上春樹（1992）『国境の南、太陽の西』講談社
村上春樹（1994/1997）『やがて哀しき外国語』講談社文庫

村上春樹（1994/2002）『使いみちのない風景』『村上春樹全作品１９９０～２０００①』講談社、pp.255–266.
村上春樹（1994–1995）『ねじまき鳥クロニクル』（第1部、第2部、第3部）新潮社
村上春樹（1995）「メイキング・オブ・『ねじまき鳥クロニクル』」『新潮』11月号、pp.270–288.
村上春樹（1997/1999）『アンダーグラウンド』講談社文庫
村上春樹（1997/2004）『若い読者のための短編小説案内』文春文庫
村上春樹（初出 1997/2011）「血肉のある言葉を求めて」『村上春樹 雑文集』新潮社、pp.219–221.
村上春樹（初出 1997/2012）「アウトサイダー」『夢を見るために毎朝僕は目覚めるのです——村上春樹インタビュー集１９９７－２０１１』文春文庫、pp.9–29.
村上春樹（1998/2001）『約束された場所で——underground 2』文春文庫
村上春樹（初出 1998/2012）「現実の力・現実を超える力」『夢を見るために毎朝僕は目覚めるのです——村上春樹インタビュー集１９９７－２０１１』文春文庫、pp.31–44.
村上春樹（初出 1999/2012）「『スプートニクの恋人』を中心に」『夢を見るために毎朝僕は目覚めるのです——村上春樹インタビュー集１９９７－２０１１』文春文庫、pp.45–86.
村上春樹（初出 2001/2011）「自己とは何か（あるいはおいしい牡蠣《かき》フライの食べ方）」『村上春樹 雑文集』新潮社、pp.18–32.
村上春樹（2002）『海辺のカフカ』（上、下）新潮社
村上春樹（2003）「解題『国境の南、太陽の西』『スプートニクの恋人』中編小説の持つ意味」『村上春樹全

作品１９９０～２０００②』講談社、pp.477–501.

村上春樹（初出 2003/2011）「風のことを考えよう」『村上春樹 雑文集』新潮社、pp.344–346.

村上春樹（初出 2003/2012a）「「書くことは、ちょうど、目覚めながら夢見るようなもの」」『夢を見るために毎朝僕は目覚めるのです――村上春樹インタビュー集１９９７‐２０１１』文春文庫、pp.153–178.

村上春樹（初出 2003/2012b）「お金で買うことのできるもっとも素晴らしいもの」『夢を見るために毎朝僕は目覚めるのです――村上春樹インタビュー集１９９７‐２０１１』文春文庫、pp.179–190.

村上春樹（初出 2003/2012c）「『海辺のカフカ』を中心に」『夢を見るために毎朝僕は目覚めるのです――村上春樹インタビュー集１９９７‐２０１１』文春文庫、pp.97–152.

村上春樹（初出 2004/2012a）「「何かを人に呑み込ませようとするとき、あなたはとびっきり親切にならなくてはならない」」『夢を見るために毎朝僕は目覚めるのです――村上春樹インタビュー集１９９７‐２０１１』文春文庫、pp.201–260.

村上春樹（初出 2004/2012b）「世界でいちばん気に入った三つの都市」『夢を見るために毎朝僕は目覚めるのです――村上春樹インタビュー集１９９７‐２０１１』文春文庫、pp.191–199.

村上春樹（初出 2005/2012a）「「小説家にとって必要なものは個別の意見ではなく、その意見がしっかり拠って立つことのできる、個人的作話システムなのです」」『夢を見るために毎朝僕は目覚めるのです――村上春樹インタビュー集１９９７‐２０１１』文春文庫、pp.377–394.

村上春樹（初出 2005/2012b）「夢の中から責任は始まる」『夢を見るために毎朝僕は目覚めるのです――村上春樹インタビュー集１９９７‐２０１１』文春文庫、pp.341–376.

村上春樹（2006a）『「ひとつ、村上さんでやってみるか」と世間の人々が村上春樹にとりあえずぶっつける４９０の質問に果たして村上さんはちゃんと答えられるのか？』朝日新聞社

村上春樹（2006b）『「これだけは、村上さんに言っておこう」と世間の人々が村上春樹にとりあえずぶっつける３３０の質問に果たして村上さんはちゃんと答えられるのか？』朝日新聞社

村上春樹（2007/2010）『走ることについて語るときに僕の語ること』文春文庫

村上春樹（初出 2008/2012）「「走っているときに僕のいる場所は、穏やかな場所です」」『夢を見るために毎朝僕は目覚めるのです――村上春樹インタビュー集１９９７‐２０１１』文春文庫、pp.431–448.

村上春樹（初出 2009/2011a）「「壁と卵」――エルサレム賞・受賞のあいさつ」『村上春樹 雑文集』新潮社、pp.75–80.

村上春樹（初出 2009/2011b）「「まだまわりにたくさんあるはず」――毎日出版文化賞・受賞のあいさつ」『村上春樹 雑文集』新潮社、pp.65–66.

村上春樹（初出 2009/2012）「るつぼのような小説を書きたい」『夢を見るために毎朝僕は目覚めるのです――村上春樹インタビュー集１９９７‐２０１１』文春文庫、pp.465–546.

村上春樹（2009–2010）『１Ｑ８４』（ＢＯＯＫ１、２、３）新潮社

村上春樹（2010）「村上春樹ロングインタビュー」『考える人』No.33、2010年夏号、新潮社、pp.13–101.

村上春樹（2011a）「カタルーニャ国際賞受賞スピーチ」http://logmi.jp/27598

村上春樹（2011b）『村上春樹 雑文集』新潮社

村上春樹（初出 2011/2012）「「これからの十年は、再び理想主義の十年となるべきです」」『夢を見るために

毎朝僕は目覚めるのです――村上春樹インタビュー集1997–2011』文春文庫、pp.547–567.
村上春樹（2012a）「いまこそ、村上春樹」『ダヴィンチ』No.222、10月号、メディアファクトリー、pp.18–23.
村上春樹（2012b）「寄稿文『魂の行き来する道筋』」（朝日新聞9月28日付）
村上春樹（2012c）『夢を見るために毎朝僕は目覚めるのです――村上春樹インタビュー集1997–2011』文春文庫
村上春樹（2013）「魂のいちばん深いところ――河合隼雄先生の思い出」『考える人』No.45、新潮社、pp.102–106.
村上春樹（2015a）『村上さんのところ』新潮社（電子書籍『村上さんのところ コンプリート版』）
村上春樹（2015b）『職業としての小説家』スイッチ・パブリッシング
Murakami, H.（2015）*Wind/Pinball: Two Novels.* Knopf.
村上春樹（2017a）『騎士団長殺し』（第1部、第2部）新潮社
村上春樹（2017b）『村上春樹翻訳（ほとんど）全仕事』中央公論新社
村上春樹（2019）「特別寄稿　猫を棄てる――父親について語るときに僕の語ること」『文藝春秋』第97巻第6号、pp.240–267.
村上春樹文・稲越功一写真（1994/1998）『使いみちのない風景』中公文庫
村上春樹・柴田元幸（2000）『翻訳夜話』文春新書
村上龍・村上春樹（1981）『ウォーク・ドント・ラン――村上龍vs村上春樹』講談社

小澤征爾・村上春樹（2011）『小澤征爾さんと、音楽について話をする』新潮社

Rubin, J.（2002）*Haruki Murakami and the Music of Words*. Vintage Books.［畔柳和代訳（2006）『ハルキ・ムラカミと言葉の音楽』新潮社］

坂部 恵（1983）「『ふれる』ことについてのノート――文化の活性化をめぐって」『「ふれる」ことの哲学――人称的世界とその根底』岩波書店、pp.3–47.

諏訪春雄（1998）『日本人と遠近法』ちくま新書

多和田葉子（2003/2012）『エクソフォニー――母語の外へ出る旅』岩波現代文庫

都甲幸治（2007）「村上春樹の知られざる顔――外国語版インタビューを読む」『文學界』7月号、pp.118-137.

上田秋成（1776/2006）『改訂版 雨月物語：現代語訳付き』鵜月 洋訳注、角川ソフィア文庫

von Franz, M. L.（1972）*Patterns of Creativity Mirrored in Creation Myths*. Spring Publications.［富山太佳夫・富山芳子訳（1990）『世界創造の神話』人文書院］

山 愛美（1999）Common themes in childhood dreams during sickness and fever. *Archives of Sandplay Therapy* 12（1）, 64–71.［山 愛美訳「子どもの頃の病気・発熱時の夢に見られるテーマ」『箱庭療法学研究』12（1）, 72–78.］

山 愛美（2000）「内的世界における『異界』との関わりについて」『箱庭療法学研究』13（1）, 15–28.

山 愛美（2001）「『造形の知』と心理療法――ある造形作家の一連の作品に見るイメージの変容」『心理臨床学研究』18（6）, 545–556.

山 愛美（2003）『言葉の深みへ――心理臨床の言葉についての一考察』誠信書房

山 愛美（2006）「『キリスト元型』と心理療法」京都学園大学人間文化学会紀要『人間文化研究』17, 213-221.

山 愛美（2007）「『造形の知』と箱庭」『箱庭療法学研究』20（1）, 19-33.

Yama, M.（2010）The artist's experience of formative work: Japanese painter Yasuo Kazuki and his *Siberian Series*. *Jung Journal: Culture & Psyche*, Vol.4（4）, 15-32.

Yama, M.（2011）Listening to the narratives of a pre-modern world: Beyond the world of dichotomy. In R. A. Jones & M. Morioka（Eds）, *Jungian and Dialogical Self Perspectives*. Palgrave Macmillan, pp.30-42.

Yama, M.（2013）Ego consciousness in the Japanese psyche: Culture, myth and disaster. *Journal of Analytical Psychology, 58*, 52-72.

Yama, M.（2018a）Non-fixed multiple perspectives in the Japanese psyche: Traditional Japanese art, dream and myth. In I. Blocian & A. Kuzmicki（Eds.）, *Contemporary Influences of C. G. Jung's Thought*. Brill Rodopi, pp.193-215.

Yama, M.（2018b）Spirited away and its depiction of Japanese traditional culture. In L. Hockley（Ed.）, *The Routledge International Handbook of Jungian Film Studies*. Routledge, pp.264-276.

Yama, M.（2019）*The Red Book*: A Journey from west to east via the realm of the dead. In S. Murry & T. Arzt（Eds.）, *Jung's Red Book for Our Time: Searching for Soul under Postmodern Conditions*. Chiron Publications, pp.273-290.

柳田國男（1910/2014）『遠野物語』京極夏彦・柳田國男著『遠野物語 remix：付・遠野物語』所収、角川ソフィア文庫
柳田國男（1926/2013）『山の人生』角川ソフィア文庫
柳田國男著・大塚英志編（1959/2014）「故郷七十年（抄）」『神隠し・隠れ里』角川ソフィア文庫、pp.22-57.
芳川泰久（2010）『村上春樹とハルキムラカミ――精神分析する作家』ミネルヴァ書房

著者紹介

山　愛美（やま　めぐみ）

京都市生まれ。京都大学教育学部卒業、京都大学大学院教育学研究科修士課程修了、同博士課程学修認定退学。博士（教育学）。臨床心理士。京都先端科学大学人文学部心理学科教授。

専門：深層心理学、臨床心理学

主要著書：『言葉の深みへ』誠信書房、『香月泰男 黒の創造――シベリアを描き続けた画家、制作活動と作品の深層』遠見書房、*Contemporary Influences of C. G. Jung's Thought*（共著）Brill, *The Routledge International Handbook of Jungian Film Studies*（共著）Routledge など。『心の解剖学』（共訳）新曜社など英・独語のユング心理学関係の翻訳も手がけている。

新曜社

村上春樹、方法としての小説
記憶の古層へ

初版第１刷発行　2019 年 12 月 24 日

著　者　山　愛美
発行者　塩浦　暲
発行所　株式会社　新曜社
〒101-0051　東京都千代田区神田神保町 3-9
電話(03)3264-4973(代)・FAX(03)3239-2958
E-mail：info@shin-yo-sha.co.jp
URL：https://www.shin-yo-sha.co.jp/

印　刷　長野印刷商工
製　本　積信堂

ISBN978-4-7885-1657-1　C1011